강상규 · 김주을 지음

장독 뚜껑 뜯는 소리

覆 瓿
—부부—

어문학사

들어가는 글

　겨울이 빠른 걸음으로 와서 나목裸木의 살갗에 시퍼런 칼날을 들이댄다. 우두 벌판과 산자락을 휘감는 바람에 냉가슴이 된다. 가을에 떨어지는 이파리에 우리는 운다. 아니 눈물 한 조각이 칼바람에 하늘로 불려가 붙박이 별이 된다. 차디찬 허공에 눈물의 칼날이 선 채 방황자의 하얀 눈물의 은하수가 된다. 그대 가슴에 희뿌연 성에가 되어 늑골 속까지 저미어 진혼의 흰 가루를 뿌린다. 눈물 한 조각이 싸늘한 주검으로 그대 늑골에 무서리로 내려앉는다. 그대도 떠나가고 해도 떠나가고 날도 떠나간다. 모든 게 덧없이 휩쓸리어 떠나간다. 그대들이 부여잡고 있는 돈만은 주위에서 서성거리며 주먹을 불끈 쥐게 한다. 그대들 가슴에서 떠나지 말아야 할 그리움은 저 멀리 벌판을 서성이며 방랑의 노래를 부른다. 식은 머리로 따뜻한 가슴을 부둥켜안을 수 있는가. 자잘한 생각의 미련을 버리고 가슴의 포자胞子 주머니를 열어라. 손은 무엇을 집으려고 있는 게 아니라 놓을 준비가 되어 있어야 한다. 그대들이 쥐려고 애쓰면 달음박질친다. 손과 발을 보려 하지 말고 가슴을 보아라. 신이 인간을 만들 때 최대로 실수한 것은 바로 마음을 보지 못하게 하였다는 이야기가 있다. 그 무한한 그리움이 쌓이고 싹트는 곳은 가슴이다. 그대들 손은 무주공산無主空山의 터이며 그리움이 싹틀 수 없는 불모의 땅이다. 메마른 가슴에 흙 한 삼태기를 부어 칼바람에 휘둘리지 않으며, 냉가슴이 되지 않을 따뜻한 마음의 동산을 만들어라. 공수래공수거空手來空手去라고 한다. 꽉 잡은 손을 놓아라. 손이 먼저 가는 것보다 마음이 먼저 가야 이 누리가 따뜻해질 것이다. 빈손의 무게와 따뜻한 가슴의 질량으로 이 누리의 저울대를 가늠해 보는 것이다.

「빗물」

내리는 빗물에
영혼이 자디잘게
녹아내립니다.

마알갛게 내리는
눈물에 영혼의
조각이 후두둑!
떨어집니다.

조각 난 영혼을
주워서 꿰어 봅니다.

한 올의 실에 주렁주렁
영혼이 끊어질 듯
흔들립니다.

「그대에게 드리는 엽서」

비 내리는 날에는
먼 곳의 임에게
엽서라도 썼으면.

마냥 섭섭해 우는
하느님 얼굴을 닦아 줄
햇빛 즈려밟은 낱장의
엽서가 그립다.

밤새도록 하늘이 훌쩍훌쩍
아기울음을 토한다.
눈이 짓무른 시선에
사흘 굶은 시어미 얼굴인 양
퉁퉁 불었다.

나뭇가지마다 눈물을 머금고
꽃송이마다 그리움이 배어 있다.
듬뿍 젖은 그리움! 장미의
붉디붉은 각혈이 쏟아진다.

쓰디쓴 고통! 글자라는 벌레가
컴퓨터 스크린에 엎디어진다.
폐기 처분된 죽은 활자의 수풀에 갇혀 있다.
오늘 그대에게 해사한 그림엽서
한 장 날려 보낸다.

원고를 쓰는 저녁나절 무채색의 잔영이 스며든다. 콘크리트 담벼락에 각인되지 않을 나그네의 모습이다. 담벼락에 비친 영상에 나그네 어깨가 떨린다. 검은 무채색의 그림이 그대로 투사된다. 무채색의 잔영이 도시의 담벼락을 잠식한다. 담벼락은 무채색의 잔영을 받아들인다. 오로지 채색된 잔영은 털어버린다. 나그네는 위안을 얻는다. 채색된 그리움과 거짓이 우리 주위를 맴돌고 있다. 이를 털어버리려는 몸짓에 거우듬히 담벼락에 기대어 선다. 우리네 삶이 이런 걸까? 처진 어깨 위로 도시의 욕망이 스멀거리며 짓누른다. 동양학에 비추어 이 누리의 삶을 좀 더 들여다보고자 한다.

책 제목을 『장독 뚜껑 덮는 소리』로 한 이유는 다음과 같다. 송나라 때 문인인 육유陸游, 1125~1210가 쓴 「추만우탄秋晩寓歎」이라는 시에 "나의 글은 나중에 장독 뚜껑을 덮는 것이 될 것이며 시구詩句는 쓸모없이 남의 주머니 속에 들어갈 것이다저서종부부 득구만투낭(著書終覆瓿 得句漫投囊)."라고 하였다. 필자의 글은 단지 장독 뚜껑을 덮는 종이 짝에 지나지 않을 것이다.

2014년 4월 25일

충주에서

不二堂 쓰고 손 곧춤합장하다.

화석이 된 그리움   221

마음의 풍경

산

산! 더없이 커 보이는 산! 그 자락에 얹혀 살면서 그 푸근함과 넉넉함을 모른다. 어린 시절 집 뒤에 떡하니 버티어 우뚝 솟은 산에 대한 두려움에 늘 겁먹고 멈칫멈칫 뒷걸음친다. 집 뒤란에서 바라본 산은 늘 어린 나를 주눅 들게 하고, 겨울 산은 흰 눈으로 덮인 채 그 삭기^{북풍(北風)} 어린 바람에 휘날리는 싸라기눈으로 볼때기를 사정없이 갈기며 눈물이 쏙 빠지게 한다.

봄의 산은 겨우내 벗은 몸에다 치레를 하기 시작하는데 새색시가 화장을 한 산과 같다. 온몸에 종기가 돋아나듯 땅 위를 헤집고 올라오는 무수한 움, 나뭇가지에 엷고 가녀린 움을 틔우고 곧 싹의 얼굴을 살포시 드러내는 새색시의 수줍은 미소를 지어낸다. 늦봄이면 한걸음 정도 도랑에는 갯버들이 드리우고 복사꽃 잎이 내려 흩어져 실개천은 이내 연분홍 향연을 이룬다. 뫼에는 도라지, 더덕, 원추리, 달래, 고들빼기, 다래 순, 홑 닢 순, 참나물, 취나물, 잔대 싹 등이 보인다. 산소^{山所} 주변 또는 그 위에 피어 있는 할미꽃은 어린 시절 기억의 편린을 더듬게 한다. 할미꽃은 늘 꽃봉오리가 땅 아래로 박혀 있어서 허리가 잔뜩 휘어 있다. 다른 꽃들처럼 얼굴을 오롯이 하지 못하고 허리를 구부린 채로 시선을 땅에 던지고 있다. 그래서 등이 구부러진 우리네 할머니를 닮아서 할미꽃이라 하는가?

여름의 산은 때때로 희붐한 얼굴을 하고 있다. 잦은 비에 장마를 더하여 얼굴 마를 날이 없는 한 많은 여인의 몰골이다. 그래도 여름의 뫼는 성장盛裝한 매혹적이고 잔뜩 부푼 여인네의 몸매를 지어내고 있다. 그해 봄의 풋풋한 색시의 수줍음을 푸르디푸른 옷으로 갈아입어 속내를 들키지는 않는다. 나는 여름날 비 오는 게 싫다. 밭을 매러 깊은 산중에 들어가면 비를 만난다. 겹겹이 산으로 둘러싸인 비탈진 밭을 매다 여름 한낮에 소나기 아닌 부슬부슬 내리는 비를 만나면 먼 산에서 들리는 기분 나쁜 음산함이 묻어나는 울음소리가 산자락을 휘감는다. 바로 이무기가 승천하지 못해서 우는 소리라고 한다. 머리끝이 서는 느낌이 든다. 여름의 뫼는 구름이 산허리 내지는 꼭대기까지 마치 비단을 풀어놓은 듯 에두르고 있다. 여름날의 뫼는 반갑지 않다. 풀쐐기에 쏘이고 뱀에 물리고 엉겅퀴에 살갗이 쓸리고 이리저리 벌에 쏘이기 때문에 여름날의 추억은 상처투성이다. 하지만 폭염에 반항이라도 하듯이 그악하게모질고 사납게 울어대는 쓰르라미의 합주곡에 여름날은 그다지 무료하지는 않은 셈이다.

가을의 뫼와 들은 늙은이를 연상케 한다. 젊은 시절 열정과 노력으로 이루어낸 부산물들이 여기저기에 널려 있다. 밭가와 집 뒤란에 죽 늘어서 붉은 열매를 달고 가지가 휠 정도로 오달지게^{야무지고 실속이 있음} 익은 감이 있다. 늦가을의 들과 밭에는 수확이 끝난 수숫대와 옥수숫대 그리고 콩 바심^{타작}을 끝낸 뒤의 콩깍지가 달린 콩대 등이 다도해의 섬이 나열된듯 밭 여기저기에 수북이 널려 있다. 가을은 무엇이든 거두어들이는 때다. 옛살라비^{고향}의 뫼는 보리수 열매며 밤이며 도토리를 가득 담은 큰 광주리의 미덕^{美德}으로 우리의 배를 한껏 따사로이 배부르게 한다. 만찬을 즐기게 하는 그 무엇을 준다. 가을은 어버이의 품에 안기는 듯한 느낌을 준다. 뫼에 흩날리는 낙엽에 다음 해 봄날의 자양분^{滋養分}을 보태주는 기미를 볼 수 있어 좋다.

벌거벗고 누운 자에게 매섭게 내리치는 바람과 흰색 눈발에 여지없이 내동댕이쳐진 그대! 그래도 툴툴거리지 않고 적이 참아내는 그대는 과연 네 형제 중 첫째인 가장 미쁜^{믿음성이 있는} 이가 아닌가? 그 삭기 어린 나날에도 오상고절^{傲霜孤節}의 국화보다 더춥고 시린 날을 버텨 매화를 피워내 일지춘심^{一枝春心}을 알리는 그대가 아닌가. 겨울 뫼의 우금^{가파르고 좁은 산골짜기}에 자리한 흙벽을 바른 초가집 방에 몸을 움츠리게 하고는 그 보답으로 지게를 지고 골짜기를 극터듬어 올라 나무를 하여 아궁이에 불을 지피게 하는 미덕을 지닌 겨울의 뫼는 군자를 키워내는 도량^{道場}이 아니던가.

썰매

호미 날과 호미 자루처럼 생긴 동네의 중간에 패인 연못에서 아이들이 집에서 만든 외날 또는 양날이 달린 스케이트를 탄다. 무지하게 추운 겨울날 아이들은 내복을 안에 껴입고 점심 무렵 어느 정도 겨울 햇살이 오르면 꽁꽁 언 연못으로 하나둘씩 모여든다. 산에서 나무를 잘라 부지깽이만큼 짧은 막대기를 만들어 그 끝에 굵은 못을 박는다. 특히 외날 스케이트는 지게 작대기만 한 크기로 잘라 그 끝에 굵은 못을 박아 넣는다. 스케이트 창이 되는 것이다. 이게 스케이트 위에 올라타며 얼음을 지치는 아주 대모한^{중요하다} 것이다.

아침나절의 빙판은 그 위에 서리가 앉은 듯 설상가상^{雪上加霜}의 지경을 이룬다. 앞서거니 뒤서거니 서로의 썰매를 모는 데 열중한다. 이러는 중에 썰매끼리 부딪히거나 스케이트 창끼리 부딪히기도 한다. 점심을 잊은 채 얼음 지치기에 골몰한다. 오후가 되면 날이 따뜻해지면서 얼음이 서서히 녹기 시작한다. 얇게 언 곳부터 녹기 시작하면 벌써 빙판 색깔이 달라 보이고 이곳저곳에서 아이들이 물에 빠지기를 연거푸 한다. 속옷이 귀하던 시절이라 물에 빠지면 며칠 동안 내복을 입지 못하고 말려야 한다. 어느 날 나는 썰매를 지치다 그만 물에 빠지게 되었는데, 물에 빨려 들어가는 순간에도 어쩌지 못하여 신고 있던 신발이며 몸

전체가 물에 빠져 홀딱 젖어버렸다. 그 추운 겨울 날에 물에 빠지니 몰골도 몰골이려니와 추위에 몸을 곧추세우지 못하고 햇볕이 잘 드는 남의 집 처마 아래에서 오그려 앉았다 일어서기를 반복하면서 저녁 먹을 시간까지 버티며 서 있었다. 어머니께 야단맞을 게 겁이 나서 그렇게 몇 시간을 버티는 치룽구니^{바보} 같은 짓을 하였으니 지금 생각해도 웃음 아닌 비애^{悲哀}를 느낀다.

그때만 해도 지금과 같은 좋은 스케이트가 흔치 않아 모두 용케도 넓적한 쇠붙이를 숫돌에 갈아 날을 세우고 나무판자를 구해 만들었으니 스케이트를 만드는 일은 어린 우리에게는 엄청나게 신 나고 흥분되는 일이었다. 이리저리 궁리하여 다른 아이들보다 더 얼음 위에서 잘 미끄러지는 스케이트를 만들어 서로 자랑을 해 보이는 아이들도 있었다. 지금 아이들은 스케이트를 만드는 것보다는 사서 타는 세대이니 골똘히 생각하는 일이 좀 적을 것이다.

겨울의 서정^{抒情}

문풍지에 다다른 바람 소리에 눈을 뜨니 밤새 흰 눈이 봉당을 오르는 계단이며 마당에 수북이 쌓였다. 누구의 방문도 받지 않은 청초한 모습으로 고요에 휩싸여 있다. 다만 그 날의 정적을 일깨우는 건 참새 몇 녀석일 뿐. 고개를 들어 앞산과 뒷산을 보니 봉우리마다 흰색 옷을 입었다. 채 뽑지 않은 배추와 무가 말라 비틀어져 널브러진 채로 밭에 누워 겨울의 앙상함을 보여주고 있다. 집 뒤란의 늘 푸르던 측백나무는 눈을 맞아 흰 고깔을 쓴 듯 머리가 세어 수척해진 노인을 연상케 한다. 겨우내 눈은 봄, 여름, 가을에 약동하던 숨탄것을 사라지게 한 것에 대한 진혼곡鎭魂曲인 양 그 차고 희디흰 서러움을 토해내고 있는 듯하다.

집 오른쪽에 미끈하게 쭉 솟아 있는 향나무는 마치 석가탑을 떠올리게 한다. 아버지께서 늘 전지가위로 손질하여 켜켜이 층을 만들어 놓으셨다. 층층이 쌓인 눈 밑은 상록常綠의 푸름을 안고 위는 백설기를 얹은 듯하다. 집 앞 실개천은 여름날의 장맛비를 거두어 먹은 것을 토해내듯 흐르더니 이 겨울에는 배고픈 듯 바닥을 드러내어 자갈과 돌부리만 보이며 여윈 몸을 고스란히 누이고 있다.

온 동네가 흰 비단을 덮어씌운 듯 하늘과 땅이 같은 색조이고 눈으로는 가릴 수 없는 피안彼岸의 정토淨土에 온 느낌이다. 눈이 오기 전 날의 그 형형색색의 아름다움과 황록의 빛깔은 어디로 사라졌는지 도무지 알 길이 없다. 구름과 바람을 따라 눈발을 오르내리게 하며 어떤 것에 닿으면 모양을 지어내고 땅에 이르면 사물에 따라 그 모습을 그려내는 것이 눈이 지닌 미학美學이다. 더러움을 좇으면 더러워지니 본연의 마음을 따라 마음을 맑게 하는 것은 눈 내리는 밤에 더 확연히 보이는 듯하다. 인간사의 흥망과 어둠과 게염도 눈의 그 희디흰 고결함을 잠재울 수는 없을 것이다.

호롱불

고향집은 수수깡과 작은 나뭇가지를 새끼로 엮어 볏짚을 흙에 이겨 흙벽을 바른 집이다. 해마다 가을이면 볏짚을 엮어 지붕을 이던 시골이다. 방안 벽은 대충 신문지로 벽지를 바른 허름한 초가삼간이다. 앞산 머리 위로 뉘엿뉘엿 해동갑할 무렵이면 방안에 어둠이 꿈틀대며 기어든다. 마치 서서히 내리는 밤안개와 같이 검은빛의 편린^{片鱗}이 조합을 이루어 하나둘 몰려든다. 봄과 여름의 해는 그나마 길다. 하지만 가을과 겨울의 해는 짧아 금방 어둠이 깔린다. 낮의 해는 사람의 길동무를 해주며 산과 들과 수풀 그리고 냇물을 뚜렷이 볼 수 있게 눈의 피로를 가시어 준다. 그러나 해가 지면 사람의 시신경은 더욱 예민해지고 낮에 잘 보이던 온갖 자연이 이루어놓은 것들을 잘 보지 못하는 청맹과니로 만든다.

밤이면 사기로 만든 호롱이 방안 굽도리^{방안 벽 아래 가장자리}에 늘 그 자리를 지키고 있었다. 다. 마치 자라 주둥이처럼 위로 솟아 가운데에 구멍이 나 있는데 그곳에 닥종이를 비벼 말아 올려 심지를 끼운다. 닥종이 심지를 통해 석유를 빨아들여 밤을 밝혀

주는 것이다. 전기가 들어오지 않던 70년대 집집이 밤을 밝혀주는 것은 늘 호롱불이다. 부엌과 방에서 가물거리며 타오르는 가녀린 빛이 문풍지 사이로 비어져 나오는 것이었다. 겨울의 칼바람이 문을 여닫을 때마다 호되게 몰아치는 통에 호롱불이 외마디 비명도 없이 숨을 놓아 어두워진 방안은 고요하며 적막감마저 준다. 여름날 마당에 멍석을 깔고 저녁을 먹으려 하면 호롱불후리^{바람을 막기 위해 촛불의 한쪽을 가리는 부채 모양의 물건}에는 모기와 나방이 모여들어 그야말로 불놀이 광장을 이룬다. 밭일하다 돌아오신 어머니의 손을 어루만져 밥을 짓게 하는 것도 우리들의 잠자리 채비를 거들어주는 것도 저녁밥을 코가 아닌 입으로 들어가게 하는 것도 호롱불이다. 겨울날 밤에 뒤꿈치가 해어진 양말과 베갯잇과 이불을 기우는 일을 거드는 것도 이들이다. 농사일에 쓰이는 새끼는 낮에는 꼬지 않고 늘 밤에 특히 겨울밤에 꼬곤 한다. 눈이 소담스럽게 내리는 긴긴 겨울밤에 우리네 아버지들은 다음 해 농사에 쓰일 새끼를 꼬며 호롱불과 무언無言의 독대獨對로 문풍지로 들리는 눈의 교향곡을 들으며 벗으로 삼는다. 이따금 집안 뒤란에 떨어진 갈잎이 바람에 밀리어 문창호를 두드리며 지나가는 나그네인 양 노크를 한다. 아무 말 없이 호롱불은 그 자리에 서서 아버지의 일을 지긋이 바라보며 졸린듯 가물가물한 눈짓을 보낸다.

이제는 호롱불의 시대가 아닌 전깃불로 살아가는 세상이다. 어릴 때의 호롱불 아래서 책을 읽고 이불과 베갯잇을 기우며 새끼를 꼬던 감상感想은 나의 코흘리개 때를 떠올리게 하는 노스텔지어의 한 단상斷想에 지나지 않은 것이리라.

달팽이 뿔

는개이슬처럼 가늘게 내리는 비 내리고 소나기 한바탕 퍼붓던 여름날 앵두나무 아래 물기 있는 곳이나 잡풀 사이를 기어 다니는 녀석이 보인다. 껍질을 덮어쓴 채 보기에도 무거운 발길을 옮기고 있다. 굽바자작은 나뭇가지로 엮어 만든 얕은 울타리 아래에 까칠한 호박잎 뒷면에 달라붙어 있거나 조금 큰 잎사귀에 붙어 연체軟體의 머리 위로 가는 촉수를 더듬이 삼아 내놓고 길을 간다. 어릴 적 달팽이를 잡아 머리에 난 촉수를 건드리면 움츠러드는 것에 재미를 붙이기도 하였다. 이 녀석은 따가운 여름날의 햇볕을 싫어하여 그늘진 작은 나무나 큰 잎사귀 밑, 또는 물기가 축축한 곳만 골라 다니는 습성을 지녔다.

달팽이의 두 뿔 사이는 매우 좁고 미끄러워 그 곳에 선다는 것은 생각지도 못할 일이다. 그런데 그 위에 서서 싸우려는 이들이 있다. 드넓고도 드넓은 우주 얼안테두리의 안에서 한 점 조각에 지나지 않는 이곳 땅별지구에서는 서로의 이해관계로 싸움이 벌어지고 있다. 국가마다의 이해, 개인마다의 이해를 둘러싸고 이 누리의 한쪽 모롱이에 사는 우리네는 정말 무슨 일에라도 동티빌미를 내어 서로 싸우는 삶을 살고 있다. 아귀다툼에 휘말려 자발없는 짓과 악다구니를 쓰며 사는 게 삶인 줄 알고 본래의 삶의 갈피를 잡지 못하고 어섯갈래을 벗어나 호동가란한말없이 조용하게 몸짓과 말을 지니지 못하고 살고 있다. 울대 센 사람이 앞서고 권세 자루권력를 아그려쥔 사람이 땅불쑥유달리하니 일어서는 누리이다. 서로 더 뺏으려고 각다귀판이전투구(泥田鬪狗)을 벌이고 있다. 당나라의 시인 백거이白居易는 이러한 누리의 진흙 밭 개싸움과 같은 머리 검은 인간의 게염을 「대주對酒」라는 시에서 다음과 같이 질타한다.

蝸牛角上爭何事와우각상쟁하사 달팽이 뿔 위에서 싸워 무엇하리
石火光中寄此身석화광중기차신 부싯돌 번쩍이듯 찰나를 사는 몸
隨富隨貧且歡樂수부수빈차환락 부귀든 빈천이든 그대로 즐길 일
不開口笑是癡人불개구소시치인 크게 웃지 않는 그가 어리석은 자

먹

문방사우 가운데 살신성인殺身成仁의 정신이 가장 뛰어난 것은 바로 먹이다. 직사각형의 긴 몸통에 소나무의 송진과 숯을 원료로 만들어져 단단한 듯하지만 물과 닿으면 이내 그 몸을 풀어

검은빛의 호수를 이룬다. 묵향이 방안 가득 차게 되면 그 어떤 냄새보다도 좋다. 밖에 있다가 방안으로 들라치면 그 냄새에 코는 이내 다른 냄새를 얼씬도 못 하게 한다.

먹을 갈 때면 늘 두어 시간 정도는 공을 들인다. 먹의 농도는 먹을 쥐고 어느 정도 힘을 주어 갈고 적정한 시간을 갈아야 제대로 고운 빛과 색깔을 낸다. 자신의 몸을 갈며 글씨를 이루게 한다. 먹으로 쓰인 글씨는 천 년 이상이 지난 오늘에도 번지거나 으깨어지지 않고 그 원래의 모습을 보여준다. 지금의 화학 원료로 가공된 잉크나 볼펜으로는 이처럼 오랜 세월 문서를 간직하기가 어렵다. 단 몇 년만 지나도 공책에 쓰인 글자가 번지거나 퇴색되는 성질을 지닌 것이 잉크이다.

먹은 몸을 오롯이 하고 곧추선 채로 자신의 몸을 누이거나 비스듬히 하지 않는 성질을 가졌다. 나는 먹에서 옛날 배우는 이들의 몸가짐과 꼿꼿한 기개를 엿본다. 퇴계 선생도 늘 책을 볼 때면 몸을 비스듬히 하거나 눕지 않고 바른 자세를 지녔다고 한다. 먹을 갈 때 옆으로 비스듬히 하거나 누이면 제대로 갈리지 않는다. 늘 곧추선 자세로 자신을 갈며 글씨 쓰는 이의 마음을 바룬다. 자신의 몸을 갈아 어짊을 이루는 군자의 덕을 지닌 더없이 훌륭한 이다. 일찍이 소동파^{蘇東坡}는 "사람이 먹을 가는 게 아니라 먹이 사람을 간다^{비인마묵묵마인(非人磨墨墨磨人)}."라고 하였다. 이는 먹을 갈며 마음의 수양을 쌓는다는 말이다.

먹을 수없이 소비하면서도 아직 그 어진 면을 보지 못하고 그저 먹만 써버렸음을 자책한다. 먹을 써버린 것에 대한 자책이 아니라 그 덕을 배우지 못함을 서러워한다.

화선지

11살 무렵 볏짚으로 엮은 초가집 지붕! 누런 흙벽 집에 천장은 보이지 않고 서까래로 가로지른 보꾹^{지붕 밑과 천장 사이의 빈틈}이 드러나는 방에서 신문지 위에 붓글씨를 쓰시는 분이 있었다. 바로 아버지이시다. 아버지를 따라 호기심에 붓을 들어 쓴 것은 그저 신문에 보이는 몇몇 단어를 보고 써서 흉내 내는 정도였다. 늘 신문지 위에 개칠改漆을 하며 쓰곤 했다. 무슨 뜻인지도 제대로 알지도 못하면서 그저 글씨가 아름다워 보이고 멋져 보여 객기를 부리며 썼던 것이다. 중학교에 들어가면서 전통 한지가 아닌 한지 모양만 흉내 낸 번지르르한 문창호지에 쓰기도 하였다. 하지만 그 종이는 먹물이 번져서 좀체 글씨 모양이 나지 않았다. 고등학교와 대학을 다니면서 좀 더 질 좋은 화선지를 접할 수 있었다.

초등학교 6학년 말 무렵 어느 날 아버지께서 나에게 "붓글씨 한 번 배워보지 않겠니? 붓글씨와 한학에 조예가 깊으신 분이 한 분이 계시는데……."라고 말을 넌지시 던지신 것이 붓글씨를 배우게 된 동기가 되었다. 그래서 나는 "네, 그러죠."라고 대답하였다. 그 다음 날부터 나는 그분의 집에 풀 방구리에 쥐 드나들듯하였다. 단아하면서 조용한 성품을 지니신 분이란 생각이 들었다. 서재에는 직접 그리신 사군자 그림과 빛이 바래다 못하여 굴뚝에 발라놓는 흙에 그을음이 앉은 듯 각종 고서古書들이 즐비하였다. 그 서재에 들어서면 나도 모르게 숙연해졌다. 그윽한 묵향에 빠져 한두 시간 글을 쓰곤 하였다. 그분은 늘 전통 한지에 그림과 글씨를 쓰곤 하였는데, 임서臨書를 하실 때는 늘 날짜가 지난 신문지에다 쓰곤 하셨다.

그해 여름

그해 여름. 밭가에 오롯이 서 있는 수백 년은 됐음 직한 대추나무 잎사귀는 허공을 가르는 바람몰이에 그저 힘없이 떨어져 둥그런 원을 그리며 곤두박질쳤다. 하지만 그 대추나무는 초등학교 3학년 무렵인가 태풍으로 쓰러져 그만 숨을 놓아 시방도 못내 아쉬움이 남는다. 커다란 뿌리를 비스듬히 내보인 채로, 밭 끝이 들린 채로, 몸통은 밭 자락에 내동댕이쳐진 채로……

그날의 바람은 몹시도 매섭게 몰아치고 비가 억수같이 퍼붓던 날이었다. 종일토록 비가 내리고 바람이 불던 그날은 하늘이 어두컴컴하여 사위가 밤인 듯하였다. 해마다 가을이면 대추 열매를 서너 가마니 거두던 그 나무도 모진 성상星霜을 견디지 못하였다. 가을로 향하는 어귀에 모진 바람을 견디나 싶었는데 동네에서 두 번째로 큰 그는 외마디 비명을 지르며 저 누리에 갔다. 모진 바람과 벼락을 맞은 것이다. 몇 아름은 됨 직한 덩치 큰 몸통을 누이고 발자락을 거꾸로 드러낸 것이다. 삼손과 같이 무언가 그를 지탱해 줄 머리카락을 잃은 듯 힘없이 무너졌다. 주전부리할 것이 퍽 적었던 그때, 그는 우리네 입을 호사시키는 일을 하곤 하였다. 시루떡을 만들거나 제사상에 올릴 때는 어김없이 빠지지 않고 제 몫을 해냈던 그이다. 넓디넓은 밭 가장자리에 늘 여름의 따가운 볕을 피해 우리가 숨어들거나 새참을 먹을 때 음지를 내어주던 그였다. 가을걷이가 끝나면 콩대며 수숫대, 그리고 고춧대가 덩그러니 밭 가운데에 놓여 있어 다도해의 섬을 연상케 하였다. 그가 있을 때에는 콩대와 수숫대와 더불어 그런대로 가을의 운치를 돋우었는데 그가 간 이후로는 가을 들녘의 음산함이 부르터났다^{감추어져 있던 일이 드러남}. 음산함을 감싸주던 그는 이제 볼 길이 없다. 그게 하마^{벌써} 39년 전의 일이다.

향나무

집 옆 막대 빵 모양의 기다란 밭가에 오롯이 서 있는 것이 있다. 그 밭에는 해마다 고추를 심는 일이 거반이었다. 밭가에는 조그만 웅덩이 하나가 있었다. 그 웅덩이에는 물이 많지는 않지만 봄이면 늘 올챙이와 붉은색 비상 개구리가 가득했다. 척박한 밭가와 주위에는 너른 바위가 몸통의 삼 분의 일만 내놓은 그 자리에 늘 푸르고 상큼한 한 그루의 향나무가 어디 하나 굽지 않고 곧게 서 있었다. 모진 비바람과 겨울의 매서운 눈보라에도 끄떡하지 않고 수십 년 세월을 버티고 지금도 그 자리에 붙박여 있다. 50년을 훌쩍 넘어 노년을 향해가고 있는 중늙은이의 모습으로 버티고 있다. 해마다 몇 번씩이나 몸단장을 하며 치레를 게을리하지 않는다. 전지가위에 어김없이 몸을 맡기며 그 고고하고 아름다운 자태를 드러내며 그 향을 멀리까지 풍긴다.

몇 해 전 가봤더니 덥수룩이 가시를 돋운 채로 육중한 몸을 드러내고 있었다. 38년 넘게 제대로 돌보지 않은 탓인지 꼭 수염을 깎지 않은 텁석부리 사내처럼 몰골이 말이 아니었다. 삼십 년이 넘게 전지가위를 대지 않은 채 그저 그렇게 누군가의 손길을 기다리고 있는 듯 비대해진 몸을 꼿꼿이 세운 채 서 있었다. 세월의 흔적이 고스란히 더께로 쌓인 채 검푸른 육신을 버티며 눈이라도 내릴 듯 희붐한 겨울 하늘을 하염없이 올려다보고 있었다.

그 동네 사람 모두가 무관심한 눈으로 바라보는 그 외로움을 어떻게 견디어냈을까? 향나무의 가시바늘도 힘없이 늘어진 듯하고, 그 곧던 몸은 무거운 이파리와 많이 자란 가지 때문에 약간은 구부정한 듯 보였다. 어릴 적 늘 눈을 호사시켰던 그는 이제 노년의 나이로 조금은 퇴색하고 힘없는 모습을 보인다. 밭 자락에 아무 보살핌도 없이 무관심한 눈길에 그저 그 속내를 드러내지 않고 무던히도 모진 성상星霜을 꾸역꾸역 견디어냈나 보다. 여름날에는 아마도 공연히 얼굴에 비를 맞으며 우수에 찬 모습을 보였을 것이며, 겨울날에는 공연히 눈을 맞으며 애처로운 모습을 보였을 것이다. 봄에는 여인네처럼 슬픈 기색을 띠었을 것이며, 가을에는 남정네처럼 가을의 슬픈 색조를 볼에 띠었을 것이다. 그가 선 자리에 켜켜이 쌓였을 고독과 우수의 더께를 생각해 보며 그윽한 향을 맡고 싶다.

측백나무

뒤란의 장독대 뒤를 에둘러친 울타리가 있다. 꽉 들어찬 측백나무 숲 울타리이다. 수십 그루는 됨직한 울타리는 사시사철 푸른 모습이다. 늘 전지剪枝를 하여 방금 이발한 모습으로 다가온다. 겨울이면 된바람을 막아주고, 여름이면 비바람을 다소나마 막아주니 그 고마움은 더없이 크다. 울타리 중간에 길을 내어 뒷밭을 이어주어 종종 가을이면 밭가에 있는 감나무로 발길을 옮기곤 했다.

어느 해 겨울밤 손전등을 든 채 측백나무 울타리를 뒤져 잠자고 있는 새들에게 전등을 바짝 들이댄다. 새들은 엉겁결에 당한지라 날지 못하고 그저 움츠러든다. 재빨리 손을 내밀어 새들을 잡아 무슨 개선병인 양 방으로 들어온다. 옛말에도 잠든 길짐승이나 날짐승은 잡지 않는다고 하였는데 어린 마음에 호기심에 잡아본다. 못된 마음이 있나 본다. 측백나무의 따뜻하고 편안함을 믿고 찾아든 이들을 무던히도 괴롭혔나 보다. 새들의 평온을 깨고 그들에게 불안감을 주었다. 집인 양 찾아든 그들은 나에게 무어라 불평을 했을까?

그중 한 마리가 말하기를,

"인간이란 뭐든 빼앗아 가고 베푸는 게 아냐. 가만히 자고 있는 우리를 잡고 그것도 모자라 구워서 먹기까지 하니 인간들은 잔인하단 말이야."

다른 한 마리가 또 맞장구를 치면서 말하기를,

"그래, 맞아. 다른 나무도 그렇지만, 여기 우리가 매일 찾아 잠을 자는 공간을 마련해 준 이 나무들보다 못해. 나무는 남들에게 베풀기만 하고 받는 것은 없는데 말이야. 베풀지는 못하고 오히려 잡아먹을 궁리나 하니."

나는 이런 생각을 하면서 다시는 새들을 잡지 않게 되었다. 모든 나무는 본래 뿌리며 가지며 대궁을 길짐승과 날짐승 그리고 우리 인간에게 거저 주는 아름다움을 지녔다. 여름에는 뙤약볕의 따가움을 덜어주고 겨울에는 된바람을 막아주며 자신의 몸을 살라 우리가 쓰는 종이나 불쏘시개가 된다. 그날 새를 잡은 것은 나무가 베푸는 은덕을 빼앗아버린 것이니 어이없는 잘못을 한 것이다. 가녀리던 측백나무가 커서 어른이 되어 울타리를 만들어주는 고마움과 새들의 보금자리를 만들어 주는 베풂의 덕을 알지 못하였다. 푸르고 맑은 마음을 지닌 채 온갖 만물에 고마움을 더해 주는 이가 바로 나무이다. 게염과 걸태질에 휘둘리지 않고 자신의 몫을 다하는 나무의 아름다움을 익혀야 할 것이다.

보리밭에 가면

감나무 몇 그루가 서 있는 밭에 누런 물결이 일렁인다. 가을 들녘의 누런 물결을 제치고 가장 먼저 초여름 들녘을 치레하는 것이 바로 보리밭의 풍경이다. 늦가을 늦사리^{가을걷이를 늦게 하}_{는 일}가 끝나면 으레 심는 것이 보리와 마늘이다. 늦가을에 심어져 겨울을 견디어 내는 보리의 질긴 생명력에 감탄한다. 7~80년대 겨울의 삭기는 엄청나며 웬만한 초목은 모두 이파리를 거두며 겨울잠에 들어간다. 휘몰아치는 바람과 늦가을이면 자심^{滋甚}한 서릿발의 박해와 핍박을 무던히도 잘 견딘다. 겨울철 영하의 날씨와 숱한 눈보라와 적설^{積雪}에도 몸을 넙죽 엎드린 채 바람과 눈발에 맞선다. 바삭바삭 언 땅거죽을 비집고 움을 틔워 얼굴을 내민 채 고스란히 눈보라를 맞는다. 뫼들이 내려다보고 뫼의 그림자가 그 몸과 밭을 어두컴컴하게 내려 눌러앉아 있어도 그저 음영^{陰影}을 나그네의 발자취로 여기며 그해 겨울을 난다. 날이 해동^{解冬}할 무렵에는 보리가 웃자라기 시작한다. 그때의 보리밭은 사람들의 발에 밟힌다. 따사로운 햇볕에 보리가 웃자라지 않도록 밟아주어야 하는 일이 농사를 짓는 이들에게는 퍽 대모한 일이다. 겨우내 추위와 눈보라를 견디자니 햇볕을 받아 너무 웃자라지나 않을까 하는 노파심에서 보리밟기를 하는 것이니 그 수모를 운명인 양 받아들이는지도 모른다. 수모는 보리를 더욱 강하고 튼실하게 하고 열매를 맺게 하는 자양분인지도 모른다. 보리밟기를 한 뒤로는 보리가 쑥쑥 오른다. 그 수모와 아픔을 서러워하며 더욱 보릿대를 울세게 키워 올린다. 봄날의 보릿대는 그야말로 일취월장^{日就月將}의 경지에 이른다. 뭇 새들이 날아들어 낟알을 쪼아 먹는 아픔을 맛보며 기세등등하게 이삭을 피우며 봄이 지나 여름 하지^{夏至}에는 절정을 이루며 고개를 숙인다. 보리를 거두는 때가 온 것이다.

"벼는 익을수록 고개를 떨군다."라는 말을 먼저 실천하는 이가 보리이다. '수숙저두穗熟低頭'의 원조인 듯하다.

목침木枕

방 굽도리에 덩그마니 손때와 머리 피지선에서 나온 기름때가 엉겨 붙은 목침이 보인다. 수십 년은 되었을 세월의 더께가 내려 눌러 그 진한 삶의 눈물과 애환이 보이는 듯하다. 기나긴 겨울밤을 장죽에서 나오는 담배 연기의 매캐함을 그저 고스란히 맞으며 그분의 고적孤寂함을 부르터나게 한다. 할아버지께서 늘 베고 주무시던 보물 1호의 모습이다.

목침은 나무가 단단하기 이를 데 없다. 목침을 가지고 놀다가 발등이라도 찍는 날에는 "아야!" 소리 한 번 못하고 그저 눈물이 핑 돌 정도이다. 큰집 문간방에 덩그러니 있는 녀석은 할아버지를 뵈러 방에 들라치면 늘 빛바랜 모습의 얼굴을 비친다. 목침의 나이는 수십여 년은 되었을 것이다. 한국전쟁이 일어난 직후 할머니께서는 돌아가셨다고 한다. 그 후로 목침이 몇 번 바뀌지 않았을 것이란 생각이 든다. 겨울바람에 문풍지 우짖는 소리도 들었을 것이고, 여름날의 천둥소리와 비바람 소리도 들었을 것이다. 늦가을 문창호지를 두드리며 가을이 다했음을 알리는 낙엽의 노크 소리도 들었을 것이다. 봄철에는 앞산과 뒷산에서 울어대는 뻐꾸기 소리와 부엉이 소리 그리고 소쩍새 소리도 함께 들었으리라. 수십 년 세월을 할아버지는 그렇게 목침과 함께 삶의 질곡을 헤쳐 나오시며 외로움과 그리움을 마음에 켜켜이 쌓아 오셨을 것이다. 그 차디찬 외로움과 뜨거운 그리움이 목침에서 부르터나고 있다. 자식들의 애환哀歡을 삭이는 것도 손자들의 애환을 삭이는 것도 그 목침이었으리라. 어스름한 새벽에 "에헤!" 하는 헛기침 소리는 당신께서 깊이 잠들지 못하고 계시다는 것을 알리는 것이다. 이따금 일어나서서 담뱃잎을 말아 장죽 끝에 쑤셔 넣은 후 빨아들이는 한 모금의 담배 연기로 마음의 번뇌를 잊으셨는지도 모른다.

베개는 원래 베지 않은 성품이시라 늘 목침만을 애용하신다. 목침에 무슨 비밀이라도 있는 듯 베개는 늘 멀리하신다. 당신께서 살아오신 나날에서의 괴로운 일, 슬픈 일, 즐거운 일 등을 목침은 읽어내고 있는 듯하다. 지금은 그 목침을 볼 수 없다.

고향

옹기종기 모여 있는 집들과 깊은 산 몇 겹으로 에둘린 동네. 동네라 봐야 겨우 사십여 가구에 불과하다. 고향은 구메농사작은 규모로 짓는 농사로 근근이 몇 대를 이어오던 아주 작은 두메산골이다. 논이라고는 겨우 두어 마지기가 전부이고 거의가 언덕과 산을 개간하여 일군 밭뙈기 몇 마지기가 전부이다. 마을 모양이 호미같이 생겨서인지 호미실이라 한다.

봄이면 감나무꽃, 돌배나무꽃, 개복숭아꽃, 밤꽃, 개나리, 진달래꽃이 흐드러지게 피고, 한 걸음 정도 실개천가에 버들개지가 물이 올라 지천으로 널려 있던 곳. 작은 옹달샘에는 가끔 다람쥐나 새들이 몰려와 마른 목을 축이고 가곤 한다. 아이들은 들로 산으로 다니며 진달래꽃을 따 먹기도 하고 개울가에 모여앉아 버들가지를 꺾어 호드기를 만들어 불기도 한다. 여름이면 뙤약볕이 내리쪼이는 후텁지근함을 털어버리려고 집 앞의 작은 샘에서 업드려 뻗쳐 자세로 등목을 하곤 한다. 가끔은 동네에서 한참을 내려가야 보이는 조금 큰 개울에 벌거숭이로 멱을 감곤 한다.

그런데 나에게는 여름이 고통스러웠다. 뙤약볕이 내리쪼이는 가운데 밭에 가서 고추를 따거나 아니면 김을 매어야 하고, 비가 부슬부슬 내리는 날에도 어김없이 들깨 모종을 해야 한다. 더구나 소까지 키우니 소 꼴^{소에게 먹이는 풀}을 베러 매일 들이나 산으로 지게를 지고 다녀야 한다. 가을로 접어들면 시골의 일은 여름보다 곱절은 더 바빠진다. 그야말로 눈코 뜰 새 없이 허둥대며 콩, 수수, 벼, 고추, 배추, 무 등을 거둬야 한다. 가을에도 소 꼴은 매한가지로 베어야 한다. 저녁은 늘 어두컴컴해져 달이 오를 무렵에 먹게 된다. 늘 저녁은 보리곱살미^{꽁보리밥} 아니면 보리반지

기보리와 쌀이 반반 섞인 밥, 칼국수나 찐 감자를 먹기 일쑤이다. 겨울이면 어린아이 키에 맞지도 않는 지게를 지고 산을 극터듬어 올라 솔가지와 솔갈비 또는 고지박 내지는 손을 찔려가며 가시나무를 해온다. 나무를 해서 오면 소에게 먹일 볏짚과 콩깍지를 고래 입만 한 가마솥에 넣고 소죽을 두어 시간 끓여낸다.

벌써 40년 전의 일이다. 어렴풋한 어린 시절의 단상斷想은 나에게 그때로 다시 돌아가고 싶은 욕구를 들이민다. 그 시절의 고향의 산과 밭 그리고 뫼는 나의 기억세포를 자극하여 망각의 늪으로 빠져들지 못하게 하고 있다. 지금의 놀랄 만한 문명의 발전도 그 시절의 아련한 추억과 단상을 절단하지 못하고 있으니 우리는 아직도 그 시절을 그리워하는지 모른다. 고향의 뫼와 들이 우리의 감성을 아직도 일깨우는 것은 우리의 원초적 그리움이 그대로 남아 있다는 징표이다. 지금은 고향에 살고 있는 가구 수가 열 집도 안 된다. 곧 사라질 것 같은 불안감에 그리움만 하염없이 쌓여간다. 자연의 일부인 우리가 가야 할 곳은 바로 흙인 것이다.

부추

억수같이 쏟아지는 장맛비에 뒤란의 부추는 파릇파릇 함초롬히 빗물을 머금은 모습이다. 뒤란 장독대 옆과 측백나무 굽바자를 지나 서너 걸음 가면 밭 자락의 바위틈에 촘촘히 자리하여 가녀린 팔을 늘어뜨린 모습의 부추가 있다. 그리 길지도 않고 굵지도 않으며 알맞게 자란 고운 살결을 가진 모습이다. 나긋한 자태인데도 약간은 독한 향기에 진드기 같은 벌레들이 달라붙지 않는다. 부추는 반찬뿐만 아니라 음식의 맛을 내는 조미료 겸 향신료로서 자리매김한 다년생 식물이다.

어머니는 매년 여름, 특히 장마철이면 어김없이 부추와 매운 고추를 넣어 적^{부침개의 충청도 말}을 부치셨다. 뙤약볕이 내리쬐는 날에 혹 소나기라도 내리는 때나 장마철이면 늘 부추를 넣어 부친 적을 아버지의 술안주로 내어 놓으시어 어린 우리의 입을 구쁘게^{허전하여 자꾸 무엇이 먹고 싶다} 했다. 양동이로 부어대듯 내리는 비에 방 뒷문을 열어 놓으면 집 뒤란은 온통 프라이팬에 콩 볶는 듯 빗물의 오케스트라가 연출된다. 장독대 위에 덮어놓은 뚜껑, 아니면 양은 쟁반 위를 내리치는 빗줄기에 합주곡의 가락이 된다. 그래도 부추는 세차게 내려치는 빗줄기에 아랑곳없이 고스란히 비를 맞으며 꿋꿋함을 잃지 않는다. 다음 날 아침에 일어나 보면 언제 비가 왔느냐는 표정으로 부추는 가녀린 팔을 털고 방긋이 웃는다. 오히려 싱싱한 얼굴과 화사하지는 않으나 정결한 몸으로 아침 햇살을 맞는다.

사람들이 잘 가지 않는 장독대 옆이나 바위 위 그리고 틈새에 살면서도 부끄러워하지 않는다. 사람들이 칼로 썩둑 그 몸을 잘라내어 반찬을 하거나 적을 굽거나 혹은 양념 및 향신료로 쓰더라도 그저 묵묵히 희생할 뿐이다. 그 오래된 체념, 아니 묵묵히 자신을 희생하는 마음에 우리는 그대의 후덕함을 본다. 모진 비바람과 불가마와 같은 더위에도 견뎌내면서도 다음 해에 다시 싹을 틔우고 씨앗을 뿌린다.

거지

어릴 적 동네에 해마다 들르는 손님이 있었다. 얼굴은 까무잡잡하고 옷은 누더기를 거친 몰골이었다. 옷을 이중삼중으로 걸쳐 입은 모습과 퀭한 눈길을 보이며 늘 우리 마을을 들르는 거지였다. 고무신에다 손은 얼마나 씻지 않았는지 검은색 구두약을 발라놓은 듯 시커멓다 못해 윤이 났다. 머리는 감지를 않아 새집 모양을 이루고 머릿니가 있는지 긁적거리기 일쑤였다. 이집 저 집 다니며 먹다 남은 밥과 반찬을 구걸하고 다녔는데, 새로 지은 밥을 얻게 된 경우에는 그리 맛있게 먹을 수가 없었다. 그녀가 가지고 다니는 밥그릇은 늘 커다란 냄비 하나였으며 따로 반찬 통이 없이 밥과 함께 찬을 섞어 먹었다. 겨울날 동네 어귀에 들어서면 그녀는 배가 너무나 고팠던지 이집 저집 다니며 동냥부터 했다. 동냥을 해서 얻은 밥을 다 먹고 난 뒤에 그녀는 어느덧 보릿단을 쌓아 놓은 곳 아니면 수숫대를 쌓아 놓은 곳에서 햇볕을 쪼이며 이를 잡기 시작한다. 어떤 때에는 볏단을 쌓아 놓은 메마른 겨울 논바닥에 쭈그리고 퀭한 눈을 들어 하늘을 바라보기도 하였다.

그런 그녀를 우리는 미친 여자라고 부르며 작대기로 쿡쿡 찌르거나 아니면 조그만 돌을 들어 던지기도 하였다. 그러나 그녀는 좀체 반응하지 않거나, 때로 화가 나면 우리를 쫓곤 하였다. 그녀가 화를 낸 이유는 보릿단이 그녀의 보금자리였기 때문이었다. 그녀는 우리를 안중에 두지 않는 듯하였다. 하늘에 떠 있는 무심한 구름을 쫓을 뿐이었다. 눈썹 아래에 깊은 동굴과 같이 움푹 패인 그녀의 눈에는 어떤 빛이 흘러나오는 듯하였다. 공허한 느낌과 배고픔과 외로움이 뒤섞여 그녀의 몸은 우수와 비애를 담은 하나의 덩어리처럼 말은 듯 볏단이나 보릿단을 이불 삼아 잠을 청할 뿐이었다. 하늘을 이불 삼고 땅을 자리 삼아 지내는 고단한 삶을 이어가고 있었던 듯하다. 모진 비바람과 눈보라를 무릅쓰고 우리 마을을 찾았던 그녀는 그렇게 몇 해를 오가더니 발길을 끊었다. 죽은 것일까? 그녀는 죽지 않았을 것이다. 그녀는 우리 어린 시절의 한 단상斷想에 머물러 웅숭깊은 마음의 텃밭을 만들고 있었는지도 모른다. 그리고 감성의 씨앗을 뿌리고 있는지도 모른다.

오늘 그녀를 위해 한 조각의 눈물을 그녀가 뿌린 감성의 씨앗에 거름으로 뿌린다.

모듬살이 풍경

글을 읽는다는 것

글을 읽는 것은 우리 삶에서 커다란 윤활 작용을 한다. 암흑에 드리운 저 너머 우리네 삶을 곱씹는 길이기도 하다. 한 줄의 글에서 묻어나는 끈끈한 사람들의 정, 사색과 명상을 안겨주기도 하고, 때로는 벅찬 희망과 기대감을 부풀려 주는 정신의 세정 작용을 한다.

장자莊子의 표현을 빌리면, "아무도 찾아오지 않는 곳에 들려오는 발걸음 소리" 같은 진귀한 보배를 가슴에 안겨주는 것이 예술과 문학일지도 모른다. 천둥과 번개를 몰아오는 하늘가에 문득 고개 들어 보면 하늘은 희붐하다. 그 요동치는 소리와 무질서함에서 우리는 무기력감을 느낀다. 일탈 행동과 거짓, 위선, 아첨의 늪에서 우리를 진정 구원하는 것은 바로 글을 읽거나 그림을 그리거나 글을 써 보는 것으로 어쩌면 우리 마음속에 도사린 천둥과 번개의 흐느낌과 망상을 제거하는 정신 작용일 수 있다. 하지만 글을 잘한다고 처세술까지 다 잘하는 것은 아닌가 보다.

중국의 역사서 『진서晉書』 「완적阮籍」전傳에 보면, 완적은 휘파람을 잘 불었으며, 노장^{老莊} 사상에 심취했다고 전한다. 그가 모친상을 당했을 때 혜희^{嵇喜}가 와서 조문하자 완적이 눈의 흰 부분을 드러냈고, 그의 동생 혜강^{嵇康}이 술과 거문고를 가지고 오자 크게 기뻐하여 푸른 눈동자를 보였다고 한다. 완적과 혜강 모두 이른바 죽림칠현^{竹林七賢}으로 불린다. 백안시^{白眼視}라는 고사를 만들어낸 완적은 사람을 대할 때 이처럼 청백안^{青白眼}을 두루, 아니 적절히 이용하여 제명대로 살다가 죽었다. 하지만 거문고를 잘 타고 시를 잘 짓고 그림을 잘 그렸던 혜강은 성격이 너무 강직하였다고 한다. 하루는 대장군 종회^{鍾會}가 혜강의 명성을 듣고 찾아갔다. 혜강은 다짜고짜로 무례를 범하며, "어떻게 소문을 듣고 왔는가? 보았으면 어찌 가지 않는가!"라고 하였다. 그러자 종회는 불쾌하다는 듯 말하기를, "소문을 들었으니 왔고, 이제 보았으니 가야지!"라고 하였다. 그러나 종회라는 사람은 혜강을 진작부터 꺼림칙한 인물로 보아왔던 터였다. 후에 혜강은 어떤 사람이 한 여인을 보쟁이는^{부부가 아닌 남녀가 남몰래 친밀한 관계를 계속 맺음} 일의 증인으로 서게 됐고 무고죄로 몰려 죽게 된다.

　두 사람의 예에서 완적은 유머와 위트가 섞인 청백안을 잘 구사하였지만, 혜강은 그 뛰어난 능력에도 너무 강직하여 제명대로 살지 못하였으니 애석하다. 글과 예술 모두 '아무도 오지 않는 곳에 들려오는 발자국 소리^{空谷足音(공곡족음)}'를 듣는 경지에 이르러서야 비로소 마음의 평안을 이룰 수 있다.

글을 쓴다는 것

달이 반쯤 잘려나간 듯 이지러졌다. 달이 반은 소등된 채 새벽녘 하늘에 걸려 있다. 나뭇가지 사이로 더없이 옴팡지게 빛을 발산한다.

한 사나이가 달 아래 어디론가 휑한 밤길을 더듬고 있다. 밤새 숲을 보지 못하고 나무만 더듬어 고샅길을 가는 장님의 행색이다. 땟국이 줄줄 흐르는 차림으로 고개를 주억거리며 휘적휘적 걷는다. 횅뎅그렁한(넓은 곳에 물건이 아주 조금밖에 없어 잘 어울리지 아니하고 빈 것 같다) 들판을 지팡이 하나에 몸을 부축하며 간다. 걸싼(일이나 동작 따위가 매우 날쌔다) 발걸음도 아니고 축 늘어진 모습이다. 이따금 짊어진 바랑의 무게를 이기지 못하고 기우뚱한다. '휴' 하며 숨을 가쁘게 뱉어내기도 하고 바랑의 무게에 벋대보려고 연신 고개를 주억거린다. 들을 거듭 지나고 강을 건너며 야트막한 고갯길을 허위허위(힘에 겨워 힘들어하는 모양) 넘는다. 작은 숲을 지나며 나뭇가지나 삭정이가 얼굴을 후릴 적마다 손사래(어떤 말이나 사실을 부인하거나 남에게 조용히 하라고 할 때 손을 펴서 휘젓는 일)를 치기도 하고, 분지르기도 한다. 나무와 나뭇가지 그리고 삭정이를 꺾고 분지르는 일련의 몸짓으로 여울과 고갯길과 야트막한 고갯마루를 넘기도 한다. 어떤 때에는 한 발짝 정도로는 가늠하여 건널 수 없는 도랑을 만나면 그의 얼굴에는 여린 근심의 빛이 일렁거리며 힘담없이(풀이 죽고 기운이 없다) 주저앉기도 하다가 다시 일어선다. 그리고 오던 길을 되돌아가 도랑 쪽으로 걸싸게 달음박질친다. 철버덩! 물에 빠진다. 서생원의 몰골이다. 후줄근히 젖은 몸과 바랑에 발자국은 더없이 소걸음이다. 그는 지금 숲을 보려고 이 밤길을 애오라지 터덕터덕 물 먹은 행주와 같이 늘어진 몰골이다.

어느새 그는 숲의 초입에 성큼 들어선다. 긴장이 풀리고 잠이 맹렬히 덤빈다. '가로누울까. 아니다.'라고 입을 앙다문다. 곧 희붐하던 하늘이 열리고 새벽의 여명이 다른 아침의 것보다 동뜨게^{다른 것들보다 훨씬 뛰어나다} 밝아온다.

사내는 곧 다시 깎아지른 듯 한 벽산^{劈山}을 붓질할 것이다. 한 폭의 산수화를 그리는 고통을 잉태하면서……, 정이박^{精而博}이 아닌 박이정^{博而精}의 붓질이 될 것이다. 글쓰기란 참으로 인내의 과정이다. 곧 창작의 과정이면서 고통과 외로움과 벋대는 고행의 길인 것이다.

약 1,500여 년 전에 유협^{劉勰}이 쓴『문심조룡^{文心彫龍}』에 보니 "부작자왈성 술자왈명^{夫作者曰聖 述者曰明}"이라고 적혀 있다. 이 대목은 애짓는 이^{창작자}는 성스럽고 그냥 짓는 이는 성스러운 이가 지은 글을 밝힌다는 뜻으로 풀이된다.『논어』에서도 공자께서는 "술이부작^{述而不作}"이라고 하였다. 그만큼 글을 쓴다는 게 어렵다는 뜻일 게다. 다만 공자는 성현의 글을 읽고 쓸 뿐 애써 짓지 않았다는 이야기이다. 공자 이전의 성현^{요(堯), 순(舜), 우(禹)}들이 지은 글을 가감하지 않았다는 뜻일 게다. 늘 글을 쓰면서 이 말을 마음에 새기고 있다. 다만 옛 성인이나 문인들이 남긴 글을 새기며 나름의 글을 지을 따름이다

웅덩이의 물

물은 두 얼굴을 가진 것일까? 이 물음에 나는 단호히 '아니오'라고 말한다. 물은 그 모습을 짐작할 수 없고 어떻게 생긴 것인지 모른다. 우리네 삶에 늘 붙어 다녀서 그의 원래 모습과 성정性情을 알 수 없는 것이 물이다. 우리는 물은 으레 흘러가는 것으로만 알고 있다. 연못에 있는 물도 웅덩이에 고여 있는 물도 강의 물도 산골짜기의 석간수石間水도 늘 흐르는 성질을 지녔다. 고전古典을 보아도 물은 이 세상을 사는 이들에게 대한 경계 또는 허송세월하지 말라는 교훈의 잣대로 무언의 잠언을 쏟아내고 있다.

빠르게 돌고 도는 이 누리에 물의 미더운 구석을 보듬어 보는 것도 좋은 일이다. 어린 시절 집 뒤란으로 보이는 산에 조그마한 물웅덩이가 있었다. 땅바닥에서 솟아오른 샘물인지 어디선가 흘러들어오는 물이 웅덩이를 만들었는지 알 수가 없었다. 자그마한 그곳에는 어묵만 한 부들이 피어 고개를 늘어뜨리고 있었다. 물 위에는 이름 모를 수초水草가 갖가지 색채를 드리우

고 있다. 너무 작은 웅덩이여서 산 그림자도 담지 못한 채 고요에 침잠沈潛하고 있다. 파도도 일지 않고 거센 폭풍우에 시달리지도 않고 비나 눈이 오면 모두 받아들이고 산짐승들의 목마름을 풀어주고 주위의 나무에게 물을 주는 그였다. 어느 날 그저 산 중턱에 다소곳이 앉아 있다가 산 아래에 흐르는 물의 무리를 보고 말을 한다.

"물은 흐르면 나아가고 구덩이를 만나면 멈춘다. 그런데 너희는 어찌하여 흐르기만 하고 멈추어서 뒤돌아보지를 않느냐."

그러자 산 아래의 물들이 말하기를,

"우리는 갈 길이 멀고 바쁘니, 흐르지 않고 앉아만 있는 자네보다는 세상 구경도 많이 하고 보고 듣는 것도 많아. 그렇게 앉아만 있지 말고 내려오렴."

웅덩이의 물이 대답하기를,

"세상 구경을 많이 하지 못하고 듣고 보는 것이 많지 않아도 모진 비바람과 파도도 일지 않으니 몸이 고단하거나 괴로움은 너희보다는 덜 당하지 않니."

산 아래의 물들이 고개를 끄덕이며,

"그건 그래. 하지만 우리는 더 큰 강과 바다에 이르는 꿈과 욕심이 있어. 그래서 이렇게 부지런히 고단함을 모르며 흐르고 있는 거야."

이에 웅덩이의 물은 빙긋이 웃고 만다.

물은 산골짜기와 작은 내 그리고 큰 강을 거쳐서 바다에 이르려는 게염^{욕심}에 지칠 줄 모르고 흐른다. 웅덩이의 물은 자신의 분수를 알고 지키며 세상을 관조^{觀照}하는 덕성을 지녔다. 배움과 몸닦달^{수양}은 쉬지 말고 흐르는 물과 같이 하되 기쁨·노여움·슬픔·두려움·사랑·미움·욕됨을 누르려면 눌러앉아 고여 있는 물의 덕을 본받아야 한다. 『주역』에서는 "물은 물살을 타면 흐르고 구덩이를 만나면 멈춘다^{승류즉서 득감즉지(乘流則逝 得坎則止)}"고 말한다.

마음은 콩밭에 있네

하늘의 정기와 땅의 포근함 속에서 큰 덕을 타고난 이가 바로 우리들이다. 하늘은 아버지요 땅은 곧 어머니이다. 여기에서 그 아들인 사람이 부모의 정기, 곧 하늘의 정기와 땅의 후덕함을 지니고 태어난다.

사람은 누구나 어느 정도의 거짓말은 하고 산다. 이른바 선의의 거짓말인 것이다. 어느 날 노스님과 동자승이 시냇가 다리를 건너다 물에 비친 모습을 보더니,

"아이야,"

"네, 큰스님."

"저게 바로 아상我相이니라. 삶은 바람처럼 그림자와 흔적을 남기지 않는 것이니라. 그림자와 흔적은 바로 사람의 욕심을 그려낸 찌꺼기니라."

자신의 주관적 생각으로 사물과 사람을 바라보는 것을 불가에서는 아상이라고 한다. 자신의 관점을 주장하다 상대방이 이에 동조하지 않거나 따르지 않을 경우에 사람들은 마지막 수단으로 회유와 거짓말, 심지어 협박을 한다. 바로 사람의 욕심에 의해 거짓말은 나오게 된다. 대의를 품고 남을 존중할 줄 아는 이는 결코 거짓말을 하지 않는다. 조선 중기 때 대학자 남명南冥 조식曺植 선생은 평생을 학문에 뜻을 두고 벼슬을 하지 않았다. 선생은 늘 칼 한 자루를 곁에 두었는데, 마음이 해이해지면 이를 만지면서 해이해지려는 마음과 늘 드잡이하였다. 그 칼에 "속마

음을 밝게 하는 것은 남을 우러름이요, 밖으로 자르는 것은 의로움이다 내명자경 외단자의(內明者敬 外斷者義)."라는 글귀를 새겨 넣었다고 한다. 그는 이른바 책을 읽으며 수양을 하는 서검書劍이었다.

이해타산에 너무 얽매어 거짓으로 다른 이를 속이는 것은 바로 사람의 칠정七情 중 욕심이 있기 때문이다. 춘추 시대 위衛나라 임금의 폭정에 시달려 도탄에 빠진 백성들을 건지기 위하여 공자의 제자인 안회가 위나라로 가려 하자, 공자는 다음과 같이 말했다.

"길을 걷지 않는 것은 또한 쉽고, 길을 걷되 발자국을 남기지 않는 것이 곧 어렵다. 인욕人慾에 부림을 당하면 거짓을 저지르기가 쉽지만, 천리天理를 따르면 거짓을 저지르지 않을 수 있다. 너는 날개를 달고 날았다는 말은 들었어도 날개 없이도 날 수 있다는 이야기는 듣지 못했을 것이다. 너는 지식으로 사물의 이치를 안다는 말은 들었어도 무지로 모든 것을 알 수 있다는 이야기는 듣지 못했을 것이다. 저 문 닫힌 집을 보아라. 방을 비워 놓아야 햇살이 잘 비친다. 좋은 일은 고요한 곳에 머무르는 것이다. 좋은 일이 찾아오지 않는 것은 마음이 고요히 머물지 않기 때문이니, 이것을 일러 몸은 여기 앉아 있지만 생각은 멀리 다른 곳으로 달려가는 좌치坐馳라고 한다."

이는 『장자』의 「인간세」에 나오는 대목이다. 장자가 대부분의 사람이 본연의 일에 힘쓰지 않음을 우화 형식으로 비꼰 말이다. 본래의 일에 생각이 머물러야 하는데 본래의 일은 제쳐놓고 다른 잇속을 챙기려는 이들이 있음을 꼬집은 말이다.

강구연월康衢煙月에 관한 단상斷想

인간의 가장 큰 욕망은 무엇인가. 수면과 식욕 그리고 성욕이라고 말할 수 있다. 수면은 동물이나 인간에게 주기적으로 되풀이되는 생리적인 의식 상실과 유사한 상태라고 한다. 식욕은 특정한 음식물을 선택하는 욕구를 말하는데 단백질·탄수화물·지방 등의 특수한 영양소의 결핍에 의해 특정 음식을 섭취하고 싶은 욕구를 불러일으키게 한다.

수면욕, 식욕, 성욕, 재물욕, 명예욕 등을 흔히 인간이 지닌 오욕이라고 한다. 이는 절집에서 흔히 말하는 이야기이다. 이 가운데 재물욕과 명예욕은 인간의 의지대로 끊어버릴 수 있다. 그러나 나머지 수면욕, 식욕, 성욕은 끊기가 어려워 득도에 가장 걸림돌이 된다고 한다. 이 세 가지를 이겨내지 못하면 면벽참선을 10년 동안 한들 지극한 도에 이르지 못한다. 그러나 동서고금을 막론하고 무던히도 재물욕에 혈안이 된 이들이 있어 왔다. 동양 고전에서 최고最古의 역사서인 『서경』「홍범」편에서는 백성을 다스리는 여덟 가지 정사를 말한 '팔정八政'에서 먹는 것食을 제일 첫머리에 두고, 그다음 바로 재물貨을 두고 있다. 기원전 1122년, 주周 나라 무왕武王이 은나라를 멸망시키고 기자箕子를 방문하여 나라를 다스림에 무엇을 먼저 해야 할 것인가를 묻는 대목에서 기자는 먹는 것이 먼저이고 재물이 그다음이라고 한다. 먹고사는 것과 재물을 모으는 것은 임금으로써 백성을 배불리 먹여야 한다는 것을 말한다. 그다음이 조상에게 제사를 지내고 땅을 다스리고 교육을 시키며, 범죄를 다스리며 외교를 다지며 군대를 다스리는 것이라고 한다.

먹고살 만하고 재물을 어느 정도 가지면 좀 더 가지고 싶어 한다. 그러다 보니 얄팍한 꾀와 모략으로 남을 속이거나 심지어는 물리력을 행사한다. 그래서 한 나라의 임금은 이러한 폐해를 방지하고자 백성을 교육하고 범죄를 다스리려 온갖 예법과 제도를 만들어낸다. 그 아득한 옛날(요·순·우 임금 시대)에는 도둑이 없고 울타리가 없으며, 거지가 없고 부랑자도 없던 이른바 대동大同의 세계가 있었다고 한다. 지금 인간이 만들어낸 모든 제도와 법과 예법 등속은 강구연월康衢煙月과는 거리가 먼 것이다. 대동의 세계에는 그야말로 '번화한 큰 길거리에서 달빛이 연기에 은은하게 비치는 모습'을 볼 수 있었다고 한다. 강구연월을 꿈꾸면서 윗사람들이 얄팍한 꾀와 중상모략으로 설쳐대면 올해를 대표하는 사자성어로 차라리 '강구연월'을 꼽아본들 가당하기는 하겠는가. 차라리 이율곡 선생께서 「의진시폐소擬陳市弊疏」에서 말씀하신 "있는 사람들의 것을 덜어 아랫사람들을 보태주는" 것이 더 낫지 않을까 생각해 본다. 지금은 손상익하損上益下가 더 절실하다.

無以巧勝錢 무이교승전 얄팍한 꾀로서 돈을 구하지 말고
無以謨勝錢 무이모승전 남을 속여서 돈을 벌지 말고
無以戰勝錢 무이전승전 남과 다투어서 돈을 취하지 마라

이는 『장자』 「서무귀」에 보이는 대목이다. 이 대목을 "얄팍한 꾀로서 사람을 구하지 말고, 남을 속여서 사람을 구하지 말고, 남과 다투어서 사람을 취하지 마라"로 바꾸면 훨씬 인간미 물씬 풍기는 삶이 될 것이다.

복숭아 · 오얏나무 아래에 길은 나고

역사에서는 무수한 인물이 나고 이름을 남기고 죽어 갔다. 역사는 이름난 이들에 의해 쓰인 기록의 산물이 아니다. 오히려 역사는 초개草芥와 같이 목숨을 버리며 이름을 남기지 않은 이들에 의해 이루어져 왔는지도 모른다. 중국이나 우리나라의 경우에도 숱한 인물들이 바람에 머리를 빗고 내리는 비에 머리를 감는 자세로 풍진 세상의 삶을 살아간 이들이 허다하다. 즐풍목우櫛風沐雨의 극명하고도 파란만장한 장강을 흐르는 드라마틱한 삶을 그려낸 이들에 의하여 역사는 늘 들메끈신이 벗겨지지 않도록 신을 발에다 동여매는 끈을 조여 왔는지도 모른다. 전쟁터나 삶의 현장에서 그리고 어느 분야에서도 그 이름을 남기지 못하고 명멸明滅한 이들이 지금 우리가 사는 세상을 만들어 낸 밑거름이 되었는지 모른다.

한漢 나라 때 어떤 사람이 있었는데 그는 원숭이와 같이 팔이 길었으며, 키도 컸다. 늘 장졸들과 있을 때에는 땅바닥에 그림을 그렸는데 유사시 군대의 진영을 그렸다. 그는 활의 명수였다. 어느 날 그는 사냥을 나갔다가 풀숲에 숨어 있는 호랑이를 보고 힘껏 활을 쏘았더니 명중하여 박혔다. 가까이 가보니 바위였다. 이에 그는 다시 제자리로 돌아가 돌에 화살을 연거푸 몇 번을 쏘았으나 박히지 않았다. 또 그는 전쟁터에 나가 마실 물을 보면 목마른 부하들이 물을 다 먹기 전에는 물 근처에 가지 않았으며, 배고픈 부하들이 밥을 다 먹지 않으면 그 또한 먹지 않았다고 한다. 성품이 너그럽고 말은 어눌하여 말수가 적었다고 한다. 임금이 내려준 하사품은 휘하의 장수들에게 나누어 준 청렴한 그였다. 그는 일체 집에 축적해 놓은 재산이 없었으며, 죽을 때까지 집안의 먹고사는 일에 대해서는 말을 하지 않았다고 한다. 기원전 129년 그는 흉노와의 전쟁에서 포로가 되었으며, 그 후 다행히 탈출하였으나 그는 평민으로 강등되었다. 그 이후인 기원전 119년, 그는 나이 60이 넘어 다시 흉노와의 전쟁에 참전한다. 그는 이때 대장군 위청衛靑의 막하에 있었는데, 위청의 주력부대와 회합하는 데 늦었다. 이는 위청이 일부러 그를 늦게 오게끔 술수를 썼기 때문이었다. 이에 대장군이 비난의 말을 쏟자, 그가 말하기를,

"나는 성인이 되고 나서 흉노와 크고 작은 전투를 70여 차례나 치렀다. 이번에도 대장군을 따라서 선우의 군사와 싸울 기회를 가졌지만, 대장군이 나를 후방 부대로 돌렸기 때문에 길을 잃고 우회하는 처지가 되었다. 이것이 천명이 아니고 무엇이겠는가! 탁상공론하는 이와는 상대할 수 없다"고 하며 스스로 목을 베어 죽었다.

그의 죽음은 대장부로써 장렬하였다. 그가 죽자 그의 휘하 장졸들은 물론 남녀노소를 불문하고 크게 곡을 하며 울었다고 한다. 그가 살아 있을 때 흉노족은 그를 '날쌘 장군', 곧 '비장군飛將軍'이라 불러 그가 있는 곳엔 얼씬도 못 했다고 한다. 사마천司馬遷, 기원전 145~87은 『사기』권 109 「이장군열전」에서 "그는 윗사람의 거동이 바르면 명령을 내리지 않아도 일을 수행하며, 윗사람의 거동이 바르지 않으면 명령을 내려도 일을 수행하지 않았다. 내가 보건대 그는 아랫사람처럼 자신의 허물을 깨달아 깨우치려는 바가 있었다. 그는 입으로 말을 꾸며내지 않던 인물이다.

'복숭아와 오얏나무는 말을 하지 않는데도 그 아래에는 저절로 길이 난다도리불언 하자성혜(桃李不言 下自成蹊)'. 이 말은 별것 아닌 것 같지만 큰 뜻을 담고 있다."라고 그를 평가하였다. 이 대목에서 백의종군하며 수차례 모함을 받았던 한나라 무제 때 인물인 이광李廣, 기원전 ?~119이라는 사람이 어떻게 이 시대에 비칠까 곱씹어 본다. 이처럼 역사에 이름을 초개같이 남긴 이는 드물다.

통발을 버리는 마음

목이 마르다. 목이 마르면 어떻게 하는가. 목마른 이가 샘물을 파듯 시원한 물을 마실 것을 고대하며 땅을 판다. 땅을 한참 파 내려가다 콸콸 용솟음치는 물줄기가 보이면 그 물을 마시게 된다. 그리고는 그 물을 판 것에 대해서 잠시 잊다가 다시 목이 마르면 이미 파놓은 샘물을 찾아가 또 마신다. 끊임없이 솟는 물에 우리는 물이 귀한지 모르고 산다. 그러나 어느 날 갑자기 그 샘물이 지독한 가뭄에 말라버리면 다시 또 다른 샘물을 얻기 위하여 다른 곳의 땅을 파서 물을 얻는다. 그래도 잠시 그 샘물의 고마움을 모르며 살아간다. 아울러 샘물을 얻기 위하여 쓰이던 도구인 곡괭이, 삽 등은 숫제 잊어버리고 만다. 왜 이들 연장은 쉽게 잊어버리는가. 이는 오직 목이 마른 까닭에 물만 얻으면 그만이라는 집착에서 연유한다. 목적을 이룬 인간은 그가 목적을 이루는 데 쓰이던 연장, 곧 수단은 잊어버리기 마련이다. 그가 목적한 바를 얻었기 때문에 인간은 목적한 바에 쓰이던 연장을 곧장 잊어버리는 속성이 있다.

『장자』「외물」편에 다음과 같은 말이 보인다.

> "통발은 물고기를 잡는 도구인데, 물고기를 잡고 나면 통발은 잊어버리고 만다. 올가미는 토끼를 잡는 도구인데, 토끼를 잡고 나면 올가미는 잊어버리고 만다."

"물고기를 잡고 나면 댓가지로 엮어 만든 통발은 잊는다^{득어망전(得魚忘筌)}."라는 말이 있는데 이것은 우물을 파는 데 쓰였던 삽과 곡괭이를 잊는다는 맥락과 유사하다. 통발은 물고기를 잡기 위한 방편 내지 수단에 불과하다. 목적은 물고기를 잡는 것이니 어부는 곧 통발을 잊는 게 당연하다. 어부의 행복은 물고기를 잡아 가족을 배불리 먹이거나 이를 저잣거리에 팔아 이문을 남기는 것이다. 그러니 물고기를 잡는 데 쓰인 통발 따위는 안중에도 없다. 여기에서 목적을 이루니 수단은 무가치한 존재로 전락하고 만다.

사람에게 있어서 제일 대모한 일은 무엇인가? 대부분 건강과 행복을 꼽는다. 우리네 삶에 있어 이보다 더 중요한 것은 없을 것이다. 건강과 행복을 얻기 위하여 사람들은 그야말로 불철주야 애쓰며 재물과 돈을 거머쥐려고 한다. 그런데 많은 재물을 가진 이들이 더 모으려고 안달이다. 어느 정도의 재물이 없는 이들은 좀 더 모아도 된다. 어느 정도의 재물 수준은 각자가 생각하고 있는 바일 것이다. 하지만 많은 재물을 가지고도 더 가지려 하니 이게 문제이다. 없는 이들이 재물을 모으려 하는 것은 괜찮다. 그러나 충분한 재물을 가지고도 더 모으려는 것은 재물을 목적으로 삼고 행복과 건강을 수단으로 삼는 것이다. 우리네 삶의 최대 목적은 바로 행복이다. 행복을 이루는 수단은 곧 재물이다. 그런데 돈이 곧 행복이라는 의식이 점점 사회에 뿌리내리고 있는 듯하다. 결국 행복이라는 목적을 팽개치고 돈에 집착하는 결과를 낳는다. 자본주의 사회에서 돈은 필요불가결의 요소임이 분명하다. 그러나 지금은 돈에 집착하여 인간의 본성을 잃고 가족을 버리며 인륜을 저버리는 일들이 심심찮게 일어나 사회를 떠들썩하게 하니 그게 문제이다.

　필자는 위의 고사를 보면서 차라리 고기를 잡는 어부의 심정으로 돌아가고 싶다. 물고기만 잡고 그 외에 통발을 잊어버린다는 말이다. 어부의 목적이 오히려 눈물겹도록 감동적이다. 사람들은 재물에 집착하여 행복을 망각하는지도 모른다. 목적과 수단이 짜장^{정말} 전도되어가고 있다. 재물이라는 통발에 눈이 멀어 물고기를 잡는 행복을 잊어버리는 일이 아닐는지…… 인간의 마음에서 통발이라는 재물을 잊어버리는 마음도 가끔 필요한 덕목이다.

익살꾼 동방삭

한나라 무제武帝, 기원전 141~87 때 동방삭東方朔, 기원전 154~93은 대단히 유머러스한 인물이었다고 한다. 위트와 해학으로 한무제의 사랑을 받았던 인물이다. 하지만 동료 고관들의 음해로 여러 번 죽을 고비를 맞이하는데 그는 기지와 유머로 죽을 고비를 넘긴다. 황제인 무제의 허락도 없이 무제가 하사한 고기를 집으로 가져가 부인에게 주었다는 일화도 그중 하나이다.

반고班固가 쓴 『한서』 권 65 「동방삭전」에 나오는 무제의 도량과 동방삭의 기지와 도량이 더욱 돋보이는 대목에 탄복한다.

오래전 복날 무제가 조정의 관리들에게 고기를 하사하였는데 다른 관리들은 모두 왔다. 그러나 대관 승일이 늦도록 오지 않았다. 동방삭은 홀로 옆구리의 칼을 뽑아 들고 고기를 베면서 옆의 동료 관리에게 말하기를,

"복날은 집에 일찍 가야 하는데, 대관께 잘 받아 간다고 전해 주시게." 하고는 고기를 품은 채로 가버렸다. 대관 승일이 이를 무제께 아뢰더니 다음 날 무제는 동방삭을 입조하라 하였다.
이에 동방삭이 다시 조정에 입조하니 무제가 이르길,

"짐이 어제 고기를 내렸는데 그대는 내 조칙을 기다리지 않고 칼로 고기를 썰어 집으로 갔소. 어찌 된 일이오?"

이에 동방삭이 관을 벗고 사죄를 하였다. 이에 다시 무제가,

"그대는 스스로 반성하시오."라고 하니, 동방삭이 다시 절을 올리며,

"동방삭이 왔구나! 동방삭이 왔구나! 황제가 내리신 고기를 받고도 조칙을 받지 않고 갔으니 무례하구나! 칼을 빼어 고기를 베어 갔으니 씩씩하구나! 고기 썰어간 것이 많지 않으니 또한 어찌 이리도 청렴한가! 집에 돌아가서는 부인에게 고기를 주었으니 이 또한 어찌 어질다 하지 않을 것인가!"

이에 무제는 웃으며, "내가 선생 자신을 꾸짖게 하였으나 선생 자신이 도리어 이름이 빛나게 되었구나!"라고 말했고 다시 술 열 말과 고기 백 근을 내려 동방삭의 부인에게 보냈다고 한다.

삼천갑자三千甲子 동방삭! 그는 무려 18만 년을 살았다고 한다. 믿거나 말거나! 하지만 이는 도가道家들이 지어낸 이야기이다. 무제에게 거리낌 없이 바른말을 하고 사마천의 아버지 사마담과 같은 시대를 살았던 인물이다. 위트의 대명사로 알려진 인물이다.

필자는 『사기』 원문을 읽으며 그의 어짊과 위트에 다시 한 번 놀랐다. 임금의 역린逆鱗, 곧 용의 턱 아래에 거슬러 난 비늘을 건드리지 않고 당시 세계 대제국을 거느린 무제를 배꼽 잡게 한 인

물이다. 『한비자』「세난편說難篇」에서 한비자는 임금의 비위를 건드리면 임금의 분노를 자아내게 되어 화를 입는다고 하였다. 예로부터 임금은 용으로 인식되어 감히 근접할 수 없는 인물로 그려져 왔다. 지금의 정국을 보건대 누군가 임금의 거꾸로 난 비늘을 건드리고 있다. 정도에 맞고 합리적이라면 비늘을 건드릴 수 있다. 그러나 그게 아니면 그만두어야 한다. 동방삭의 지혜를 배울 수 있었으면 한다. 임금이 내려준 고기를 알맞게 썰어가고, 이를 아내에게 주었다고 자평을 하는 인물! 이런 동방삭의 민초를 웃기게 하고 임금의 심정을 헤아리는 지혜가 필요하다. 대립각은 세우면 세울수록 자신에게는 비수로 날을 세우며 박혀들 것이다. 어진 나라 살림이 더욱 절실한 때이다.

도문대작屠門大嚼

허균許筠, 1569~1618은 과연 미식가이자 식도락가인가? 허균이 지은 『성소부부고惺所覆瓿藁』 권 25에는 「도문대작인屠門大嚼引」이란 글이 보인다. 399년 전에 쓰인 그의 「도문대작」이란 글을 대충 추려해 본다. 이 글은 광해군 3년1611년에 쓰인 글이다. 전국 8도의 해산물, 과일, 기타 토속 음식 등속에 대한 섭생법과 조리법이 담겨 있다고 전한다. 허균은 다음과 같이 말한다.

"우리 집은 가난하기는 했지만 선친이 생존해 계실 적에는 사방에서 나는 별미를 예물로 바치는 자가 많아서 나는 어릴 때 온갖 진귀한 음식을 고루 먹을 수 있었다. 커서는 잘사는 집에 장가들어서 산해진미를 다 맛볼 수 있었다. …… 내가 죄를 짓고 바닷가로 유배되었을 적에 쌀겨마저도 부족하여 밥상에 오르는 것은 상한 생선이나 감자·들미나리 등이었고 그것도 끼니마다 먹지 못하여 굶주린 배로 밤을 지새울 때면 언제나 지난날 산해진미를 물리도록 먹어 싫어하던 때를 생각하고 침을 삼키곤 하였다. …… 먹는 것에 너무 사치하고 절약할 줄 모르는 세속의 현달한 자들에게 부귀영화는 이처럼 무상할 뿐이라는 것을 경계하고자 한다."

그는 "먹는 것과 성욕은 사람의 본성이다. 더구나 먹는 것은 생명에 관계되는 것이다. 선현들이 먹을 것을 바치는 자를 천하게 여겼지만, 그것은 먹을 것만을 탐하고 자기의 이익을 추구하는 자를 지적한 것이지 어떻게 먹지도 말고 말하지도 말라는 것이겠는가!"라고 한다. 먹고사는 것은 인간의 필요불가결한 요소이다. 그러나 음식에 너무 게염을 부리지 말라는 뜻일 게다. 필자는 「도문대작인」이란 글만 보았다. 이른바 책의 서문 격인 셈이다. 『성소부부고』에는 「도문대작」 전편이 나와 있지 않다. 『성소부부고』는 총 26권으로 된 허균이 쓴 글인데, 성惺은 성성거사惺惺居士라는 허균 자신이 지은 호로서 영리하다는 뜻이고, 부부覆瓿는 '장독 뚜껑을 덮다'라는 뜻이니 장독 뚜껑을 덮는 듯 자신이 지은 글에 대하여 겸손을 나타내는 말이다.

여하튼『도문대작』은 조선 시대 서유구의『임원경제지』의 모태가 되지 않았을까 조심스레 의견을 피력한다.『임원경제지』는 조선 최고의 백과사전이라고 한다. 이 책에는 술 빚는 법 등 섭생과 조리에 대한 내용이 들어 있다고 한다. 그래서 웬만한 학자들도『임원경제지』를 가장 읽기 어려운 글이라고 한다. 도문은 '푸줏간'이라는 뜻이며, 대작은 '질경질경 씹다'라는 뜻이다. 의역하면 '푸줏간 앞을 지나면서 입맛을 쩝쩝 다시다'로 풀이된다. 도문대작의 출전은 조조의 셋째 아들인 조식曹植, 221~300의 「여오계중서與吳季重書」라는 글에서 비롯되며, 고려 시대 이인로의『파한집』에 잠시 보인다. 조식의 글에는 "고기는 맛이 좋으니 푸줏간 앞을 지나면서 입맛을 다신다육미미 도문이대작(肉味美 屠門而大嚼)."라고 나타난다.

아쉽구나! 원본은 아니지만 필사본이라도 손안에 넣었으면 하는 바람이다. 허균의 또 다른 면목을 볼 수 있었으면 좋으련만……, 이곳 시립도서관에서도 검색하였으나「도문대작」의 필사본이나 관련 도서는 찾을 수가 없다. 사대부인 허균이 음식에 관하여 적었다고 하니 그는 미식가 또는 식도락가임은 틀림없어 보인다.

벼루 열 개를 구멍 내고

가녀린 손끝에 붓 대롱이 꼿꼿이 화선지 위를 가는 모습은 강철보다 강한 기운을 토해낸다. 붓은 조금만 삿된 마음을 지니면 천변만화千變萬化는 고사하고 한 점, 한 획을 긋기가 여간 버거운 게 아니다. 아니 숫제 붓을 꺾어야 한다. 붓이란 참으로 오묘한 이치를 지니고 있다. 글씨는 쓴 사람의 마음을 담는 그릇인 것이다.

문방사우 가운데 붓을 들어 글씨를 쓴다는 것은 재주를 배우는 것이 아니다. 글씨를 쓰는 것은 바로 수양에 관한 길을 찾는 것이다. 무릇 서예로 글씨를 잘 쓰는 기교만 배우려 한다면 이를 접어야 한다. 수많은 이들이 서예를 하고 있다. 글씨를 쓰는 것은 바로 글월과 글자에 향기가 나고 글씨와 책에 기운이 서려야 한다. 이른바 '문자향 서권기文字香 書卷氣'가 있어야 한다는 것이다. 이 두 가지를 동시에 하기 위해서는 뼈를 깎는 고통과 인내가 뒤따른다. 이 도린곁사람이 별로 가지 않는 외진 곳을 가는 이는 흔치 않다.

조선 후기 나이 70에 이르기까지 굳은돌이나 단단한 물질에 기록된 명문銘文을 연구하는 데 일생을 바친 이가 있다. 그는 또한 그동안 내려오던 서체書體에 대한 일대 혁신을 꾀하여 독창적인 글씨체인 추사체秋史體를 일구어냈다. 이 사람은 바로 추사 김정희^{金正喜, 1786~1856} 선생이다. 그는 당대에 내려오는 글씨 쓰는 풍속에 대하여 다음과 같이 말한다.

> "옛사람들의 글씨는 간찰체^{簡札體}라는 것이 따로 없다. 간찰은 바로 우리나라의 가장 나쁜 습관이다. 나의 글씨는 비록 말할 것도 못 되지만, 70년 동안 열 개의 벼루를 갈아 구멍을 내고 천여 자루의 붓을 다 닳게 하여 몽당붓이 되게 하면서 한 번도 간찰의 필법을 익힌 적이 없고, 실제로 간찰에 별도의 체식^{體式}이 있는 줄도 모른다. 그래서 나에게 글씨를 청하는 사람들이 간찰체를 이야기할 때마다 못 한다며 거절한다. 승려들이 간찰체에 더욱 얽매이는데, 그 뜻을 알 수 없다."

필자는 어렸을 때부터 붓을 잡고 벼루를 대하였어도 글씨는 여전히 개칠^{改漆 ; 한 번 칠한 것을 다시 고쳐 칠함}을 할 뿐이다. 어릴 적 보꾹이 드러나는 초가집 아랫방에서 붓을 쥐기 시작하였다. 그때 쓰던 글씨가 곧 천자문을 흉내 내는 것이었다. 이른바 한석봉의 천자문을 두고 임서^{臨書}를 했던 것이다. 얼마가 지난 뒤 그 유명한 왕희지의 「난정서^{蘭亭敍}」를 임서했는데 그것이 중학교 1학년 때이다. 그 당시 필자는 경상도 풍기에 살았는데 그 고장에 한학과 서예의 거두^{巨頭}이신 송여성이란 분의 집을 풀 방구리 쥐 드나들 듯 찾아가 글씨를 배우곤 하였다. 그분의 방에는 한적본^{漢籍本}이 책시렁에 그득하였다. 모두가 굴뚝 연기에 그을린 듯 거무뒤뒤한 빛을 발하고 있었다. 왠지 모를 경외심이 일었다. 늘 방을 들어서면 큰절을 올리고 글씨 배우기를 청하였다. 가끔 글씨를 써 가서 보여드리면 잘못된 획이나 운필運筆을 알려주시곤 하였고, 붓질이 잘못된 것을 바로잡아 주시기도 하였다. 스승님은 희끗희끗한 머리칼에 꼿꼿한 기개를 지니셨다. 일체 바깥일에는 무심한 듯 오로지 학문에 열중하시며 짬짬이 농사를 짓고 계셨다. 한시와 수묵화 그리고 서예를 한뉘한평생 하시며 살았던 분으로 지금도 나의 기억 속에 각인되어 있다.

"마천십연 독진천호磨穿十硯 禿盡千毫", 벼루 열 개를 구멍 내고 붓 천여 자루를 몽당붓이 되게 하였다는 말이다. 추사 선생과 같은 고집도 없고 상기도 붓방아질하고 글씨에 개칠을 하고 있으니, 이런 낭패가 어디 있는가! 무릇 글에는 향기가 서려야 함인데, 아직도 속세의 티끌만 날리고 있다. 단지 글씨를 수양의 지도리문짝을 여닫을 때 문짝이 달려 있게 하는 물건로 삼을 요량이다.

책만 보는 바보

지금의 서울 남산 아래에 한 딸깍발이가 살았는데, 말도 어눌하고 성격은 좁고 바둑이나 장기 두는 것을 싫어하였다. 남들이 욕을 하거나 칭찬을 하여도 대꾸하지 않고 오로지 책 보는 즐거움만을 만끽하던 그였다. 딸깍발이, 아니 남산의 샌님은 추우나 더우나 방안에서 옛 서적을 보며 햇빛을 따라 방안 여기저기를 옮겨 다니며 책을 읽는다. 때로는 그가 보지 못한 책을 얻으면 얼굴에 화색이 돌면서 웃으니, 그 집안 사람들은 그가 기이한 책을 구한 것을 알았다.

그는 두보杜甫의 오언율시五言律詩를 매우 즐겨 읽어 앓는 사람처럼 중얼거리고 깊은 뜻을 깨우치면 아주 기뻐하며 방안을 왔다 갔다 걸어 다니면서 읊었는데 그 소리가 갈까마귀가 우짖는 듯하였다. 때로는 조용히 아무 소리도 없이 눈을 크게 뜨고 멀거니 보기도 하고, 혹은 꿈꾸는 사람처럼 혼자서 중얼거리기도 하니, 사람들이 그를 일러 간서치看書痴라 하여도 웃으며 받아들였다.

이덕무가 쓴 『청장관전서』 권 4 「간서치전」에 나오는 대목이다. 이 대목은 실학자인 저자가 세상 물정에 어두운 남산골샌님의 모습을 실제 전하는 이야기에 따라 쓴 글이다. 당시 실학實學이 당대를 풍미하던 때에 실학자인 저자의 눈에 남산골 딸깍발이는 어리석은 이로 비쳤을 것이다. 저자는 이 대목을 통하여 무엇을 말하고자 함인가. 시대를 붙좇지 못하고 뒤떨어진 당시의 지식인 그룹에 통렬한 펀치를 날리고 싶은 심정이었으리라. 같은 시대를 살면서 그 시대를 쫓지 못하는 백면서생白面書生의 아둔함을 꼬집으려 한 듯하다. 당시의 유학자儒學者들은 과연 가정을 등한시하고 글만 읽었던 것인가. 대부분의 유학자들이 그러하였다고 본다. 연암 박지원의 『허생전』을 보아도 10년 동안 글을 읽기로 작심한 허생이 아내의 바가지를 견디다 못해 장삿길에 나선다. 어느 정도 가산家産이 일자 허생은 다시 그 예의 가난한 독서인讀書人으로 돌아온다는 줄거리이다. 연암이나 청장관 두 실학자 모두 실학을 염두에 두고 위와 같은 글을 써서 선비들을 계몽하려 하였던 것이다.

실학實學은 바로 민중의 삶을 기름지게 하려는 취지에서 비롯되었다. 실학의 본래 뜻은 대단히 의미가 깊다. 먹고사는 문제뿐만 아니라 옛것을 배우고 수양하면서, 실제 삶에서 옳은 바를 찾는다는 의미이다. 『한서漢書』 권 53 「경십삼왕전景十三王傳」에서 비롯한 "수학호고 실사구시修學好古 實事求是"인 것이다. 요즘에는 이 대목이 누구에게 해당하는 것인가! 삶의 본질과 실제 삶에서 시의時宜에 적절한 방안을 찾고자 하는 게 현대판 '실사구시'일 것이다. 배움이 앞섰다고, 남보다 조금 나았다고 나서는 것보다 실제 민중의 삶을 제대로 알고 읽어내는 지혜가 필요한 것이다.

이 시대에 가장 필요한 것은 무엇인가? 아무리 학식이 높고 가진 게 많더라도 수양이 되지 않은 상태로 나서는 것은 지극히 위험한 발상이다. 지역을 좀먹고 나아가서는 나라를 무너뜨리는 일이 될 것이다. 제방의 둑에 생긴 개미 구멍 하나가 저수지를 붕괴시키는 일을 초래할 것이다. 학벌이 좋고 글을 읽었다고 해서 그 사람의 지혜가 그에 비례하는 것은 아니다. 오히려 반비

례하는 것을 자주 보아왔다. 차라리 허생과 같이 세상 물정을 알고 난 뒤에 글을 읽듯이 세상에 나서는 것도 괜찮다. 간서치는 필요치 않은 게 요즘의 세태이다.

소 오줌과 말똥을 버릴 것인가?

어린 시절 소 외양간과 소고삐를 매어 놓은 마당 한구석에는 늘 소 오줌과 똥이 범벅이 되어 널려 있었다. 쇠똥에는 쇠파리가 들끓고 쇠똥구리가 소의 배설물을 굴리며 그 안에서 칩거 아닌 동거를 하고 있었다. 쇠잔등에도 쇠파리는 늘 붙어 있고 진드기 또한 쇠 빗으로 훑어 내렸다. 쇠똥구리는 그렇게 늘 같은 안식처에서 해망쩍은^{총명하지 못하고 아둔하다} 살림살이를 하고 있었다. 나는 가끔 쇠똥을 뒤집어 쇠똥구리를 못살게 굴곤 했는데, 지금 돌이켜보면 쇠똥구리가 나의 장난감 1호였는지도 모른다.

외양간이나 고삐를 매어놓은 앞마당에 엎질러놓은 쇠똥을 치우려면 여간 힘든 게 아니다. 쇠스랑을 들고 파고 찍어내야 비로소 그 육중한 배설물이 덜어지는 감이 온다. 이른 봄철과 여름철 그리고 가을에 필자는 늘 외양간 청소와 소에게 뜨물을 먹이고 학교에서 돌아온 뒤에는 여지없이 소 꼴을 베러 다니던 기억이 생생하다.

"쇠똥도 약에 쓰려면 없다." 눈에 보이는 게 쇠똥이요, 밟히는 게 개똥이다. 시골에는 늘 밭이고 들이고 산이고 보이는 게 쇠똥이었다. 소 오줌과 말똥은 하잘것없는 것으로 여긴다. 당나라의 문장가요 정치가인 한유^{韓愈, 768~824}는 그의 「진학해^{進學解}」라는 글에서 다음과 같이 말했다.

牛溲馬勃^{우수마발} 소 오줌과 말똥과,

敗鼓之皮^{패고지피} 찢어진 북의 가죽을,

俱收幷畜^{구수병축} 모두 거두어 모아 놓고,

待用無遺者^{대용무유자} 쓰일 때를 기다려 버리는 일이 없는 것은,

醫師之良也^{의사지양야} 의사의 현명함이네.

소 오줌과 말똥 그리고 찢어진 북의 가죽은 일반인들이 아무리 보아도 쓸 곳이 없는 것으로 보인다. 하지만 만일 화타와 같은 명의^{名醫}를 만나면 반드시 쓰일 곳이 있다. 장강^{長江}을 도도히 흐르는 물은 온갖 시냇물을 받아들여 같이 대해^{大海}로 흘러든다. 태산^{泰山}은 땅의 모든 흙을 거두어 큰 산을 이룬다. 대의^{大義}에 죽고 사는 것은 절사^{節士}들의 몫이다. 소 오줌을 소 오줌으로 여기고 말똥을 말똥으로 여기며, 찢어진 북의 가죽을 그것으로 여기는 세태가 아직도 버젓이 거리를 횡행한다. 횡행^{橫行}은 바로 게걸음이다. 바닷게는 똑바로 길을 가지 못하고 옆으로 기어간다. 그래서 게는 횡행거사^{橫行居士}라는 별명을 지녔다.

진시황 때 재상을 지낸 이사李斯, 기원전 280?~208는 각국의 유세객遊說客들이 진秦나라로 들어오기만 하면 진시황이 내쫓아버리자 다음과 같은 대목으로 진시황에게 말을 한다.

泰山不辭土壤태산불사토양 태산은 작은 흙덩이도 내치지 않기에
故能就其大고능취기대 그처럼 큰 것이고,
河海不擇細流하해불택세류 황하와 바다는 가는 물줄기도 가리지 않기에
故能就其深고능취기심 물이 깊어질 수가 있다.

진시황에게 이처럼 충심을 다한 이사도 결국은 진시황의 둘째 아들인 호해胡亥라는 임금에게 저잣거리에서 허리를 잘려 죽는, 이른바 요참형腰斬刑을 받고 죽었다. 요즘 선량들의 변을 들어보면 말로써 천하를 다스리는 형국이다. 유몽인柳夢寅의 『어우야담於于野譚』에는 "말세에는 입과 혀로써 천하를 다스린다말세이구설치천하(末世以口舌治天下)!"라는 대목이 보인다. 민초를 소 오줌과 말똥 내지는 찢어진 북의 가죽으로 여기지 말기를 바란다.

임금 잡는 호랑이

언로言路가 막힌 지경에 이르러서 직언을 서슴지 않은 것은 민초와 나라를 위한 충정의 발로이리라. 좋은 게 좋다 하고 모든

일을 두루뭉술하게 어물쩍 넘어가는 일들이 우리네 삶에 있어 허다하다. 과거에는 한 나라 임금의 거꾸로 난 비늘을 거스르면 삼족三族을 멸하는 게 다반사였다. 심지어는 죽은 이의 관을 들어내어 시체를 난도질하는, 이른바 부관참시剖棺斬屍를 하는 게 예사였다. 지금은 이러한 일은 없다.

진정 지조 있고 절개를 지닌 옛날 절사節士들의 마음은 어떠했는가. 대의大義를 위해서는 친인척도 버리는 게 절사들의 마음가짐이었다. 옛날 선비들은 남을 이기는 승인勝人이 아닌 자신을 이기려는 극기克己의 몸닦달을 하였던 것이다.『논어집주』에서는 '己'를 '자신의 사사로운 게염欲心'이라고 풀이하고 있다. 요즘의 남을 이기려는 승인의 경지와는 다른 마음의 절대 내공을 쌓는 진정한 인격 내지 인성人性의 고수가 되는 과정을 담금질하는 일이 필요하다. 용의 목에 거꾸로 솟은 비늘을 건드리면 이게 용의 턱을 찌르게 된다. 이에 용은 화가 치밀어 곁에 있는 다른 동물들을 무차별적으로 해치게 된다. 이른바 역린逆鱗인 것이다. 절대 내공의 몸닦달한 고수는 용의 비늘을 건드리지 않고 용을 잘 이끌어 나라를 다스린다. 섣부르게 몸닦달한 이가 임금의 비늘을 건드린다. 몸닦달을 제대로 하지 않은 이가 나라 경영에 나서면 임금이 아닌 민초들의 거꾸로 난 비늘을 건드려 자충수自充手를 둘 수도 있다.

나라를 경영하려고 나서는 이들은 곧 옛날의 선비인 것이다. 선비는 어떠해야 하는가? 다음은 『동문선東文選』 권 11에 나오는 대목으로 고려 명종明宗 때 김양경金良鏡이란 이가 지은 글이다.

有石中含質 유석중함질 돌은 그 속에 바탕을 가져,
無人外奪堅 무인외탈견 사람이 밖에서 굳음 못 빼앗네.
鐵慙融作器 철참융작기 쇠는 녹아 그릇 됨이 부끄러운 일,
銅恥鑄成錢 동치주성전 구리 부어 돈이 됨도 창피한 것.
比若賢良士 비약현량사 절개 있는 선비가 바로 돌이니,
操心固莫遷 조심고막천 그 마음, 그 줏대를 누가 옮기리.

송나라 철종 연간에 간관諫官으로 직언을 서슴지 않은 이가 있었다. 간관에 있은 지 몇 해가 되어도 늘 바른 자세와 얼굴빛을 온화하게 하며 대궐에 들어가곤 하였다. 그는 임금이 심히 화를 내면 상소문을 지니고 임금을 우러러보면서 임금의 화가 풀리기를 기다렸다가 화가 풀리면 직언을 극력 토설하였다. 곁에 있던 신하들이 멀리서 지켜보면서 모두 몸이 오그라들고 황송한 마음에 땀을 흘렸다. 직언을 하는 그를 보며 수군거리기를 "임금 잡는 호랑이!"라고 하였다. 전상호殿上虎였던 것이다. 그는 임금에게 직간하는 자리에 오르게 되자 그의 어머니에게 말하기를, "간관은 눈을 밝게 뜨고 담력을 길러 몸소 간관의 책임을 다하여야 합니다 명목장담 이신임책(明目張膽 以身任責)."라고 하였다.

『송사宋史』권 345 「유안세전」에 보이는 대목이다. 그는 바로 송나라 때 전상호라는 별명을 지닌 유안세劉安世, 1048~1125라는 사람이다. 그는 자신을 이기고 수양을 쌓은 사람으로 남을 이기려는 마음을 지니지 않았던 것이다. 요즘에는 남을 이기려는 마음이 앞서 있다. 사사로운 게염을 버릴 수 있는 선비가 필요하다. 수신修身도 제가齊家도 못하는데 어찌 치국治國의 굿판을 벌일 수 있는가. 민초의 역린에 찔릴 수도 있음이여!

솔숲에 누운 벌거숭이

번잡하고도 시끄러운 이 누리에는 정신을 맑게 둘 데가 없다. 사람들은 눈의 호사를 즐기며 말초신경을 자극하는 무언가를 갈구하며 허덕이는지도 모른다. 꽃이 어우러진 정원에서 달을 맞으며 배중물盃中物 한 잔을 기울여 달을 감상하고 꽃을 그윽한 눈길로 보는 것도 심성을 맑게 할 것이다. 1,300여 년 전 천 년에 한 번 나올까 말까 한 천재 시인 동진東晉의 도연명陶淵明은 술을 배중물이라고 표현하였다. 그의 호를 유심히 들여다보고 있노라니 '못 속의 밝은 달'이 문득 떠오른다. 도연명과 이백 그리고 두보 등이 일궈온 시심詩心은 술이라는 매개체와 온 누리를 비추는 달이 서로 응축되어 나온 것임을 알 수 있다. 자연은 그만큼 인간에게 아늑함과 마음의 평심을 찾아주는 촉매제이다.

한국학韓國學에서도 술과 문학에 관하여 쓴 시가 자못 한문학의 웅숭깊은 맛을 우려내고 있다. 풀 한 포기와 벌과 나비 그리고 꽃과 돌, 바위와 나무 등으로 우리는 우리의 거칠어지고 메마르고 버석거리는 심성을 매끄럽게 문지르며 닦아 왔는지 모른다. 두보는 그의 문장을 두고 "남을 감동시키지 못하면 죽어도 그만두지 않겠다^{어불경인사불휴(語不驚人 死不休)}."라고 하였다.

우리네가 사는 아파트에는 담장이 없다. 옛날에는 사립문을 긴 북데기나 싸리 또는 댓가지로 엮은 울바자가 있었는데 울바자가 낮아 창호지를 바른 방문을 열면 앞산이 보이고 저 멀리 큰 산이 보였다. 물론 아파트에서도 앞산과 먼 산을 볼 수는 있다. 그러나 콘크리트 벽과 유리창을 통해서는 예전의 그 정취를 맛볼 수 없다. 필자가 어렸을 때 문을 열면 집 앞에 바로 조그만 도랑이 흘렀던 것이 생각난다. 비록 비가 오면 물이 흐르는 아주 조그만 도랑이었지만 그곳에서 고기와 가재를 봤던 기억이 새록새록 떠오른다. 비가 그은 뒤 앞산에 자욱이 피어오르는 안개와 그 사이로 언뜻언뜻 보이는 초록의 나무 뭉텅이들이 매우 산뜻한 모습으로 다가왔다. 손에 잡힐 듯 눈의 신경돌기에 진한 초록의 청량감이 투사되었는데 지금 아파트는 이러한 비 갠 뒤의 뫼에서 발산되는 청량감을 주지는 못한다. 산의 강한, 특히 여름의 초록은 남녘에서 올라오는 불의 기운을 누르는 강한 기운을 지녔다. 자연을 벗하지 않은 공간에서는 좋은 글이 나올 수 없다. 메마른 공간에서 나오는 글은 버석거리는 감을 주기 십상이다. 봄날의 녹작지근함을 달래주는 복사꽃과 매화꽃, 여름의 초록, 가을의 나목裸木, 겨울의 회디회게 비치는 달빛과 눈 아래 펼쳐진 대지 위에 덩그러니 앉은 초가집 한 채에서 감성이 부르터난다숨기어 묻혀 있던 일이 드러나다. 초가집이 아니어도 좋다. 달빛, 구름, 비, 울바자, 앞산, 나무, 꽃, 나비, 벌, 도랑, 술 한 잔, 붓, 화선지, 벼루, 책 등만 있으면 좋을 것이다. 다음은 『동문선』 권 11에 있는 「유거幽居」라는 시이다.

棲息紛華外서식분화외 일체의 번잡하고 시끄러운 것을 벗어나
優游紫翠間우유자취간 짬을 내어 붉고 푸른 숲에 멋대로 놀며
松廊春更靜송랑춘갱정 소나무로 만든 행랑은 봄날에 더 고요하고
竹戶晝猶關죽호주유관 댓가지로 엮은 대문은 낮에도 늘 잠그는데
簷短先邀月첨단선요월 추녀 끝이 짧으니 달 먼저 맞고
墻低不礙山장저불애산 담장의 키가 낮으니 앞산이 훤히 보이고
雨餘溪水急우여계수급 비 온 뒤에 시냇물은 급히 흐르고
風定嶺雲閑풍정령운한 바람 자니 고갯마루 구름 흐르네
谷密鹿攸伏곡밀녹유복 사슴이 엎드린 깊은 골짝에
林稠禽自還임조금자환 새가 절로 돌아오는 빽빽한 숲에

무더운 여름날 솔바람이 퀑한 나무 사이로 부는 언덕에 벌거숭이로 지내고 싶은 심정이다.

희한한 관상쟁이

어디서 왔는지 알 수 없는 어떤 관상쟁이가 있었는데, 그는 관상 보는 책을 읽거나, 관상 보는 법을 따르지 않고서 이상한 상술로 관상하였다. 그래서 사람들은 그를 이상한 관상쟁이라고 하였다. 점잖은 사람, 높은 벼슬아치, 남녀노소 할 것 없이 모두가 앞다투어 초빙하거나 찾아가서 상을 보았다. 그 관상쟁이는 부귀하여 살집이 많고 번지르르한 사람을 관상하면서는,

"당신 용모가 매우 수척하니 당신처럼 천한 이는 없겠습니다." 하고,
가난하고 천하여 몸이 파리한 사람을 관상하면서는,

"당신 용모가 비대하니 당신처럼 귀한 이는 드물겠소." 하고,
장님을 관상하면서는,

"눈이 밝겠소." 하고,
달음질을 잘하는 사람을 관상하면서는,

"절름발이라 걷지 못하는 상이오." 하고,
얼굴이 잘생긴 부인을 관상하면서는,

"아름답기도 하고 추하기도 한 상이오." 하고,
세상에서 너그럽고 어질다고 일컫는 사람을 관상하면서는,

"모든 이의 마음을 아프게 할 상입니다." 하고,

세상에서 매우 모진 사람이라고 일컫는 자를 관상하면서는,

"모든 이의 마음을 기쁘게 할 상이오." 하였는데, 그의 관상은 거의 이런 식이었다.

위의 내용은 이규보의 『동국이상국집』 권 20에 보이는 대목이다. 부귀한 사람은 남을 업신여기거나 우습게 본다. 가난하고 보잘것없는 이는 자신의 뜻을 굽히고 두려워하며 몸닦달을 게을리하지 않는다. 사람의 눈은 아름다운 여자나 진기한 보배를 보면 홀리게 되어 가지고 싶어 한다. 차라리 장님이 되면 사물에 현혹됨이 없이 몸을 보전하고 욕됨을 멀리할 수 있다. 몸이 날래고 용맹스러우면 옥졸獄卒이 늘 지키는 감옥에서 발에 차꼬가 채워지고 목에 형틀이 지워지게 되니 달아날 수 없어 절름발이가 되는 것이다. 아름다운 여인은 음란한 이가 보면 아름다울지 모르나, 바른 마음을 지닌 이가 보면 개흙처럼 추한 것이다. 어진 이가 죽으면 모든 사람이 인자한 어머니를 잃은 것처럼 엉엉 소리 내어 울 것이므로 모든 이들의 가슴을 아프게 한다는 말이다. 모진 이가 죽으면 사람들은 '그놈, 잘 죽었다'며 손뼉을 치고 입이 찢어져라 좋아할 것이니 모든 이를 기쁘게 한다는 얘기이다. 이만하면 관상을 보는 게 아니고 심상心相을 꿰뚫는 게 아닌가.

사람들은 거의 자신에게 박혀드는 나쁜 말에는 눈을 흘기거나 송곳눈을 뜨게 마련이다. 좋은 말이 오면 입이 귀에 걸리도록 좋아한다. "세속의 사람들은 자기와 뜻이 맞으면 좋아하고 자신과 뜻이 맞지 않으면 싫어한다속세지인 개희인지동호기 오인지이어기야(俗世之人 皆喜人之同乎己 惡人之異於己也)." 이것은『장자』의「재유在宥」에 보이는 대목이다. 좋은 말이든 나쁜 말이든 남의 이야기에 귀를 기울이는 것도 수양을 쌓는 방편일 것이다.

명품 인간

한창 나라 안이 떠들썩하다. 지독히도 열병에 들듯 머리가 지끈한 형국이다. 온통 이름에 매달리고 얽혀져 몸이 모두 명품이 되어야 직성이 풀리는지 몇 억을 물 쓰듯 하는 여자가 온통 나라를 시끄럽게 한다. 요즘 언론 매체를 들여다보면 복불복幅不幅, 아니면 명품이라는 도가니로 융해되어가는 사람들의 마음을 본다. 얼짱, 몸짱 뭐 그런 등속에 사람들의 머리는 휑뎅그렁한 의식의 공백 상태를 보이고 있다.

상대적 박탈감을 누가 조장하였는가? 모두에게 책임이 있다고 본다. 무슨 유명 지갑이니 핸드백이니 의류니 하는 것을 몸에 걸치면 아주 '엣지edge있는' 사람으로 돋보인다고 여긴다. 엄청난 착시와 착각이다. 지난날 필자가 어렸을 때만 해도 검정 고무신에 책가방이 없어 보자기에 책을 둘둘 말아 반대편 어깨에서 겨드랑이 사이에 묶어 책을 매고 다녔다. 그게 불과 40년 전 이야기로 호랑이 담배 먹던 시절 이야기가 아니다. 비가 내리는 날이면 질척거리는 진흙을 밟아 고무신이 벗겨지고, 우산이 없어 비료 부대의 안 터진 밑부분을 동그랗게 오려 머리만 내밀고, 양쪽 겨드랑이 부분도 둥그렇게 구멍을 내어 팔을 끼워 넣고 비를 피했던 기억이 난다. 비 오는 날 고무신을 신으면 그게 어디 신인가. 몇 발자국 가다 보면 벗겨지곤 하여 성가시고 짜증이 난다. 고무신은 뒤축이 다 닳아 찢어지고, 그걸 보고 어머니는 흰 실로 꿰매어 주신다. 그래도 며칠, 아니 한 일주일은 버틴다. 아마 근 한 달은 그렇게 신을 사 주실 때까지 버틴다. 실밥이 다 풀려도 그걸 내내 신고 다닌다. 종내 고무신이 옆도 터지고 아주 너덜너덜해지면 그제야 고무신을 사 주신다. 새 고무신을 사 오시는 날에는 얼마나 마음이 흡족한지 고무신을 초가집 방안에 들여 놓고 댓돌에는 숫제 올려 놓지도 않는다. 소 꼴을 베러 가거나 뒷산을 극터듬어 올라갈 때에도 그 고무신을 신고 간다.

"위탁부불약위청빈 이우생불약이락사為濁富 不若為淸貧 以憂生不若以樂死"라고 했던가! 이는 300여 년 전에 쓰인 『유몽영幽夢影』이라는 글에 보이는 대목이다. "부정한 방법으로 부를 쌓은 것은 가난하되 깨끗이 사는 것만 못하고, 근심에 얽매여 사는 삶이란 즐겁게 살다 죽는 것만 못하다." 도대체 얼마나 많이 몸치레를 해야 직성이 풀리는가? 옛 선현先賢들의 말을 되뇌지 않아도 알 아들을 만한 사람이 바로 우리 어른이다. 오히려 부를 자랑하고 명품을 좇고 지나친 몸치레에 사치와 향락을 일삼는 게 우리네 어른이 아니던가?

지금 세대와 예전 세대는 그 세월이 흘러온 길이 다르다. 시대를 반영하는 게 문명을 발전시키는 촉매제가 된다. 하지만 인성人性이 내동댕이쳐지고 인륜이 바닥으로 가라앉는 데서 문명 발전을 찾을 수 없다. 지금 벌어지는 불미스러운 일들은 문명이라는 줄기의 가지에도 못 미치는 비인소배非人少輩들의 치룽구니 같은 헛되고 몰염치한 짓거리들이다.

도대체 이 나라의 인성 교육은 아주 느자구싹수가 보이지 않는다. 사람이 명품이 되려면 어떻게 해야 하는가. 글을 배우는 것보다 바른 마음과 틀거지를 지녀야 한다. 이로써 나라와 민족에게 이바지할 능력과 품성을 지녀야 한다. 이게 바로 명품 인간이다. 겉치레와 입에 발린 사탕과 같은 거짓말로 세상을 우롱하는 사람은 이 나라에 좀벌레나 좀도둑 내지는 불한당에 지나지 않는 것이다.

담바고

담배는 광해군 말에 들어온 것으로 알려졌다. 남쪽 바다 가운데 있는 담파국湛巴國이란 나라에서 들어온 까닭에 속칭 담배湛巴라 한다는 것이다. 이는 『성호사설星湖僿說』에 보이는 내용이다. 스페인에서 1559년에 처음 심었다고 하는데 조선으로 들어오기까지 60년 정도의 시간이 걸린 셈이다. 상당히 전파 속도 빠른 것이라 할 수 있다. 담배는 전 세계에서 약 11억 명이 피운다고 하는데 세계 인구의 1/6이 피우는 셈이다. 담배의 원산지는 중앙아메리카로 마야인과 아스텍인들이 종교 행사 기간 동안 피웠다고 한다. 그 후 콜럼버스가 아메리카 대륙에 상륙한 뒤 유럽으로 전해져 1559년 스페인에서 처음 심어졌다고 한다. 아시아에는 포르투갈에 의해 필리핀에 전해졌다고 한다.

담배를 피우는 법은 일본에 의해 우리나라에 전해졌다고 한다. 장유張維, 1587~1638가 쓴 『계곡만필谿谷漫筆』 권 1을 보면 다음과 같은 내용이 보인다.

남령초南靈草;담배를 피우는 법은 본래 일본에서 나왔다. 일본 사람들은 이것을 담박괴淡泊塊라고 하면서, 이 풀의 원산지가 남양南洋의 제국諸國이라고 말하고 있다. 우리나라에는 20년 전에 처음으로 이 물건이 들어왔는데, 지금은 위로는 공경公卿부터 아래로는 가마꾼과 초동목수樵童牧豎에 이르기까지 피우지 않는 자가 없을 정도이다.

여기서 '담박괴'는 영어 'tobacco'를 음역한 것이다. 또한 담배의 맛에 대해서는 다음과 같이 말한다.

맛을 보니 매우면서도 약간 독기毒氣가 있는 듯하다. 그리고 이것을 복용하는 사람은 하나도 없고 그저 태워서 연기를 들이마시곤 하는데, 많이 들이마시다 보면 어지럼증이 생기기도 하나 오래도록 피운 사람들은 꼭 그렇지만도 않다. 그리하여 지금 세상에서 피우지 않는 사람들을 찾아보면 백 사람이나 천사람 중에 겨우 한 사람 있을까 말까 할 정도이다.

담배의 효능에 관해서는 장유가 지난번에 절강성浙江省 자계慈溪 출신인 중국 사람 주좌朱佐를 만나 이야기한 내용이 나온다.

"중국에서는 남초南草를 연주煙酒라고도 하고 연다煙茶라고도 한다. 백 년 전에 벌써 민중閩中에 있었는데, 지금은 거의 모든 세상에 두루 퍼져 있으며, 술독으로 붉게 부어오른 코, 적비赤鼻를 치료하는 데 가장 뛰어난 효력을 발휘한다."라고 하였다. 이에 장유가 묻기를,

"이 물건은 성질이 건조하고 열이 있어서 필시 폐肺를 상하게 할 것인데, 어떻게 코의 병을 치료할 수가 있단 말인가."

장유는 담배가 폐를 상하게 할 것이라는 예견을 하고 있다. 상당히 예리한 분석이다. 아울러 그는 "지금 남초로 말하면, 세상에 유행된 지 겨우 수십 년밖에 안 되는데도 벌써 이처럼 성행을 하고 있으니, 백 년쯤 지난 뒤에는 그 이익을 두고 차와 각축전을 벌이게 될 것이다."라고 한다. 이 대목은 지금의 상황과 딱 맞아떨어지고 있다. 참고로 담배는 우리나라에서도 전매하는 기관을 두고 있다.

조선 시대에는 이미 4, 5세만 되도 담배를 피웠고 어른들은 횡죽橫竹을 꼬나물고 연방 피웠다고 한다. 지금은 병원, 학교, 지하철, 버스 안, 공공기관 등에서는 담배를 피우지 못하지만 수많은 이들이 흡연으로 인하여 사망하고 있다. 필자도 피우고 있으니 걱정이다. 백해무익한 것이 흡연이다.

이익李瀷, 1681~1763이 쓴 『성호사설』 권 4 「만물문萬物門」에서는 담배의 해로움에 관하여 다음과 같이 말한다.

안으로 정신을 해치고 밖으로 듣고 보는 것까지 해쳐서 머리가 희게 되고 얼굴이 늙게 되며, 이가 일찍 빠지게 되고 살도 따라서 여위게 되니, 사람을 빨리 늙도록 만드는 것이다.

활줄처럼 곧으면

옆집에 장생^{張生}이라는 자가 살고 있었다. 장차 집을 지으려고 산에 들어가 나무를 구하였는데 빽빽이 들어찬 나무들 모두가 구불구불하게 비틀어져 쓰임새에 맞지 않았다. 그런 가운데 산속에 있는 무덤가에 나무 한 그루가 서 있었는데 앞에서 보아도 곧바르고 왼쪽에서 보아도 쭉 뻗었으며 오른쪽에서 보아도 곧기만 하였다. 그래서 좋은 재목이라 생각하고는 도끼를 들고 그쪽으로 가서 뒤에서 살펴보니 슬쩍 구부러져 쓸 수 없는 나무였다. 이에 도끼를 내던지고 탄식하기를,

"아, 재목이 될 나무는 얼른 보아도 쉽게 알 수가 있어 고르기가 쉬운 법인데, 이 나무의 경우는 내가 세 번이나 다른 쪽에서 살폈어도 쓸모없는 나무라는 것을 알지 못하였다. 그러니 용모를 그럴듯하게 꾸미면서 속마음을 숨기고 있는 사람의 경우야 더 말해 무엇하겠는가. 그 말을 들어 보면 조리가 정연하고 그 용모를 살펴보면 선량하게만 여겨지며 사소한 행동을 관찰해 보아도 삼가며 몸을 단속하고 있으니 영락없이 군자의 모습이라고 할 것인데, 급기야 큰 변고를 당해 절개를 지켜야 할 때에 가서는 본래의 정체를 여지없이 드러내고 마니, 국가가 결딴나고 마는 것은 늘 이런 자들 때문이다."

장유^{張維}가 쓴 『계곡집^{谿谷集}』 권 4에 보이는 대목이다. 집을 짓는 데 쓰이는 나무는 곧아야 쓰임새가 많은 법이다. 비뚤거나

뒤틀려지거나 구부러지면 별로 쓰일 곳이 없다. 한옥을 짓는 데 쓰이는 나무는 곧고 쭉 뻗어야 대들보나 서까래 또는 장여에 쓰일 수 있다. 게다가 나뭇결도 좋으면 금상첨화이다. 나무가 구부러지거나 뒤틀려 있으면 먹줄을 긋기가 여간 힘든 게 아니다. 아예 먹줄이 서지를 않는다. 숫제 이런 나무는 버리거나 적심^{지붕물} ^{매를 잡기 위해 산자와 서까래에 덧대는 잡목}으로 쓸 수밖에 없다. 하잘 것 없는 나무는 목수의 대패질과 도끼질이 먹혀들지 않는다. 나무의 본성이 이미 구부러지고 외틀어졌기 때문이다. 목수는 이런 나무를 외면하기 마련이다.

먹줄이 서지 않고 대패질과 톱질이 먹혀들지 않으면 잡살뱅이^{여러 가지가 뒤섞인 허름한 물건} 자재로 밖에 쓸 수 없다. 하지만 나무와 다르게 사람은 구부러진 허영심에 휘둘려도 쓰임새가 있다. 이리저리 세파에 휘둘리면 사람은 본래 수수하던 마음은 사라지고 그저 남의 비위나 맞추며 살려는 경향이 있다. 이때부터 마음은 게염에 사로잡혀 큰일을 그르치게 된다. 남이 하는 대로 휩쓸려 자신의 본마음을 잃고 잘못된 길로 들어설 수 있음이다. 이를 나무에 비유하자면 오른쪽에서 보아도 곧게 보이고 왼쪽과 앞쪽에서 보아도 곧게 보이기 십상이다. 하지만 뒤쪽에서 보면 다른 이미지가 잡혀 굴곡지고 외틀어진 모습을 보이는 경우가 많다. 본마음이 삿된 생각에 가려져 모진 마음이 똬리를 틀고 있음이다. 본마음을 가리고 삿된 마음이 촉수를 내밀고 있음이다.

나무는 곧으면 좋은 목재로 쓰이고 구부러지면 잡살뱅이의 목재가 될 뿐이지만, 사람이 곧으면 남에게 시샘과 미움을 받고 구부러지면 남의 비위나 맞추어 좋은 자리에 오를 수 있다. 사람도 나무처럼 곧으면 좋은 재목으로 쓰이고 구부러지면 잡살뱅이 재료로 쓰이는 게 맞다. 하지만 어디 그런가! 그렇지 않으니 세상사 요지경 속이다.

"활줄처럼 곧으면 길가에서 죽고 갈고리처럼 굽으면 공후公侯에 봉해진다^{직여현 사도변 곡여구 봉공후}(直如絃 死道邊 曲如鉤 封公侯)"

『후한서^{後漢書}』「오행지^{五行志}」에 보이는 이 대목을 곱씹어 볼 따름이다.

이방과 사또

옛날 어느 고을 사또가 임기가 달음박질치듯 언뜻 찼는데, 이에 갈려 나갈 참이라. 그래 동헌 아래 장 모 꺾어 서서^{늘 허리를 곧추세우고 머리만 꺾은 모습} 알랑방귀를 뀌던 이방이라는 작자가 떠나가는 사또를 기리기 위해 빛 좋은 빗돌 하나, 송덕비를 만들었것다. 아, 글쎄 사또가 고을 사람들의 인사치례를 받고 있는 가운데 이방의 아랫것들이 송덕비를 덮은 장막을 벗겨내니 이런 글귀가 떡하니 파임 글자로 새겨졌더라.

今日送此盜^{금일송차도} 오늘 이 도적놈을 보내노라.

이거 분명 어느 먹물 그득한 이가 일필휘지한 것이었다. 평사낙안^{平沙落雁}의 휘필인 데다 황소 힘으로 붓을 쥐어 쓴 듯 강대나무^{말라죽은 채 서 있는 나무}처럼 버럭버럭 뻣성을 부리며 빗돌에 파임 글자로 박혀 서슬이 퍼런 것이었다. 어둑발이 깔린 새벽녘인지라 동구 밖 먼 산 위로 달빛이 괴괴하니 빗돌 비스듬히 비추어 글씨를 새긴 지 얼마 되지 않은 파임 글자에 서리가 앉고 성에가 낀 듯 섬뜩한 기운이 감돌고 있었다.

아, 그런데 가만히 내용을 보아하니 바로 떠나가는 시방 사또를 씹어대는 글귀가 아니던가! 이에 사또가 가슴이 뜨끔한지라, 이를 거니챈 이방이 엉덩이를 졸밋거리며 다가와 부시 쳐 올리는 것이었다. 이에 사또가 자라 보고 놀란 가슴 솥뚜껑 보고 놀란 낯빛이 되어 얼굴이 붉으락푸르락 언감생심 말도 못하고 타는 가슴을 쓸어내리느라 장죽을 몇 모금 빨아 뻐끔뻐끔 입가로 흘리더니 이에 질세라 사또 서너 구절을 외로 치다가 바로 가는 붓질로 적어 내려가니, 이게 바로 지금 떠나가는 사또의 흠구덕^{남의 흠을 헐뜯어 험상궂게 말함}과 앞으로 걸태질^{탐욕스럽게 재물을 마구 긁어모으는 것}할 사또를 싸잡아 옭아 짓찧는 고양이소^{욕심꾸러기가 짐짓 청렴한 체하거나 흉악한 사람이 겉으로 착한 체함을 비유적으로 이르는 말}를 읊어대는데, 왈,

明日來他盜^{명일래타도} 내일은 다른 도적놈이 올 것이다.

此盜來不盡^{차도래부진} 이 도적놈은 끝없이 올 것인즉

擧世皆爲盜^{거세개위도} 세상이 죄다 도적놈뿐이네.

시늉만 '네네!' 하는 이방 놈이 백성들을 쥐어짜 해먹은 것이 열 손가락으로 헤아려보아도 넘치고 넘쳤는지라, 겉으로는 혀를 끌끌 차고 있었지만 속으로는 쾌재를 부르고 있었고, 갈려 나가는 사또는 겉으로는 짐짓 태연한 척하였지만 속으로는 상추밭에 똥 눈 강아지처럼 안절부절못하는 참이라. 오밤중에 이방 놈은 남모르게 갈려 나가는 사또를 위해 시늉만의 '네네!'를 하느라 송덕비를 세웠것다. 송덕비를 세우는 밑천도 이방 놈의 구린 쌈지 주머니에서 나왔을 리 만무하고 백성들의 코 묻은 앵이^돈로 한 것이라. 사또나 이방이나 백성들 피고름 짜기는 마찬가지인데 사또는 또 다른 부임지에 가 결태질할 궁리만 하고, 이방 놈은 또 다른 도적놈을 기다리는 상황이었다.

송덕비도 이만하면 양심적으로 쓴 것이다. 모두 도적놈이라고 일갈한 사또의 일필휘지가 가리사니^{사물을 분간하여 판단할 수 있는 실마리} 없는 이들의 폐부에 비수처럼 박힌다. 만구성비萬口成碑! 모든 사람의 입으로 사또의 공덕이 기려지는 게 진정한 송덕비가 아닌가!

장마

밤새도록 비가 내리고 아침에도 계속 내리고 있다. 장마가 시작되었다. 후텁지근하고 불쾌지수 올라가는 철이다. 이 시기가 되면 사람들은 '화火'의 기운을 받아 자칫 기가 쇠할 수도 있다. 우리의 위나 장은 찬 음식을 즐겨 받기를 싫어한다. 여름에 먹는 냉면은 과히 좋지 않다. 더운 날씨일수록 따뜻한 음식이 제격이다. 그래서 이열치열以熱治熱 아니던가? 냉면을 북한에서 겨울의 별미로 꼽고 있는 이유이기도 하다. 여름철 화기火氣를 다스림은 과일이나 채소가 제격이다. 위나 장은 신체의 중심에 있다. 중심이 허虛하면 믿음信이 없어지고 생기를 잃는다.

동양학에서 신信은 곧 사람을 지켜주는 버팀목이다. '신'은 흙이다. 흙이 자양분을 함유하면 곡식이 잘 자란다. 땅은 뿌린 만큼 그 보답을 한다. 곡식은 웃자라지 않게 거름을 주고 가꾸어야 한다. 우리네 몸도 같은 이치다.

장마는 순우리말일까? 아니다. 장마는 산스크리트어에서 나왔다. 산스크리트어 사전에 '장jhan'은 'noise of falling rain', 'rain in large drops'라고 나온다. '마ma'는 '장'을 명사화한 어미이다. 이 둘을 합하면 장마jhan ma이고, 이는 '비가 떨어지는 소리', '큰 방울로 떨어지는 비'라는 의미를 지니고 있는 것이다. 중국에서는 매우梅雨라고 하며 일본도 마찬가지이다. 매실이 익어

떨어질 무렵에 장마가 시작된다는 말이다. 우리나라만 '장마'라고 한다.

무더운 여름을 이겨내는 방법은 화火를 잘 다스리는 길밖에 없다. 『설문해자』에서 화火는 "남쪽으로 가면 불꽃이 타오르는 것을 볼 수 있다^{남방지행 염이상(南方之行 炎而上)}."라고 한다. 남쪽 바다 멀리서 불꽃이 일어 우리네 사는 곳까지 와서 화기를 돋운다. 화기를 잠시 덮어주는 장맛비가 내리고 있다.

여름날 후끈한 화기를 다스리는 것은 고른 섭생과 독서 그리고 각자 좋아하는 바를 하는 것이다. 처마를 노드리듯 두드리는 빗소리는 일정한 가락을 마음에 심어준다.

아래는 당송팔대가의 한 사람인 유종원^{柳宗元}이 쓴 「매우^{梅雨}」라는 시이다. 여기에서 '매우'라는 말이 비롯한다. 처마에 떨어지는 낙숫물은 그다지도 가슴에 스며드는 회한의 눈물인가! 아으, 동동다리!

梅實迎時雨^{매실영시우} 매화 열매가 철에 맞는 비 맞아
蒼茫值晚春^{창망치만춘} 창망하게도 늦은 봄이 되었구나.
愁深楚猿夜^{수심초원야} 초나라 원숭이 우는 밤에 근심 깊어가고
夢斷越雞晨^{몽단월계신} 월나라 닭이 우는 새벽에 꿈이 깨어난다.
海霧連南極^{해무련남극} 바다의 안개 남극으로 닿아 있고
江雲暗北津^{강운암배진} 강가의 구름에 북쪽 나루가 어둑하다.

素衣今盡化^{소의금진화} 흰 옷이 이제 다 변했으나

非爲帝京塵^{비위제경진} 황제 계신 서울의 먼지 때문은 아니어라.

『북학의^{北學議}』를 읽고서

무릇 학문은 실생활에 적용되어야 하는 것이다. 현실과 괴리감이 있으면 그 자체로 학문의 본질에서 벗어난다. 수년 전 필자는 『북학의』를 읽었다. 초정^{楚亭} 박제가^{朴齊家}의 『북학의』를 다시 읽으며 당시의 문인, 관료, 사회제도에 관하여 심도 있는 안목을 주고 있음을 느끼며, 아울러 사회와 제도를 예리하게 파헤치는 초정의 생각이 고스란히 녹아 있음을 볼 수 있었다. '사실에 입각하여 바른 것을 찾는다'는 말인 실사구시^{實事求是}를 제대로 보여준 게 바로 박지원의 『열하일기』와 『북학의』가 아닌가 생각한다.

『북학의』는 『서경^{書經}』의 「대우모^{大禹謨}」편을 빌려 분석하고 있다. "정재양민 수화금목토곡 유수 정덕이용후생^{政在養民 水火金木土穀 惟脩 正德利用厚生}"이라고 하였다. "정치는 백성을 기르는^{보양하는} 데 있으니, 물, 불, 쇠, 나무, 흙 및 곡식들을 잘 다스리고, 또 덕을 바로 잡고 물건의 쓰임을 이롭게 하며 백성의 삶을 두터이 함이다."라는 의미이다. 정치는 바로 임금이 덕을 오롯이 하는 데 있으며 바름을 기르는 데 있는 것이다. 水·火·金·木·土·穀

을 동양학에서는 이른바 육부六府라고 한다. 백성을 배부르게 하고 잘 기르는 데 있어 이 육부를 잘 다스리면 된다는 게 초정의 생각이다.

- 水: 하천의 준설에 관하여 초정은 지세의 높낮이에 따라 하천 바닥을 끌어내야 한다고 하며, 수의 높낮이를 측정해야 한다고 한다. 중국의 강소, 절강 지방과 교역해야 함을 역설하고 있는데 육로 무역보다는 바닷길을 통하면 그 이문이 몇 곱절은 된다고 한다. 강과 바다를 이용할 것을 여러 차례 말하고 있는데 비단 중국만이 아닌 다른 나라도 통상을 해야 한다고 한다. 우리나라는 삼면이 바다로 둘러싸여 있는 이점을 살리고 강과 하천을 통한 물품 운송 방법을 강구하여야 한다고 역설하고 있음이다.

- 火: 우리나라는 기와는 굽는데 벽돌은 굽지 못한다고 한다. 벽돌로 성을 쌓으면 돌로 쌓은 것보다 그 견고함이 있다고 한다. 우리나라는 나무는 많은데 불을 때서 벽돌을 굽지 못하고 있다고 한다. 돌로 쌓은 성은 그 무게로 인하여 한쪽이 침식되고 비로 인하여 지반이 무르게 되면 가라앉는 현상이 일어나니 회로 지반을 다져 그 위에 구운 벽돌을 쌓으면 가라앉을 우려가 없다고 한다. 수백에서 수천 도의 불을 견뎌내는 가마를 만들어 각

군과 현에서 벽돌을 구우면 그 이로움이 돌로 성을 쌓는 것보다 더 많다고 한다. 불을 이용하자는 것이 초정의 생각이다.

- 金: 초정은 우리나라가 해마다 수만 냥의 은을 수출하여 반나절이면 소모되는 약이나 반년이면 썩어버리는 비단으로 바꿔 온다고 한다. 한정된 자원인 은을 수출하니 이는 진흙으로 만든 소가 바다에 들어가는 것과 같다며 화폐는 돌고 돌아야 한다고 역설한다. 쇠를 녹이는 데 중국은 석탄을 이용하지만 우리나라는 석탄이 나는데도 이를 이용하여 쇠나 구리를 녹일 줄 모른다고 한다.

- 木: 중국은 나무가 귀하나 재목은 많다고 하고 우리나라는 나무는 많으나 재목이 귀하다고 한다. 중국의 재목은 한 자 한 치가 모두 정밀하게 가공되었다고 한다.

- 土: 초정은 거름의 중요성을 이야기한다. 중국의 농촌은 거름더미가 노적가리나 산더미 같다고 한다. 거름을 쌓더라도 한 편에 독을 묻어 거름에서 나오는 거름 물을 모아 두고 이를 이용한다고 한다. 중국은 거름을 금같이 여기고 말똥을 잘 건사한다고 한다. 우리나라는 거름더미는 있으나 중국과 같이 해자를 파지 않아 거름 물이 그대로 도로에 흘러 우물로 들어가거나 도랑

에 들어간다고 한다. 재도 그냥 거리에 버린다고 한다. 거름과 재 모두 토양을 비옥하게 하는 것인데 말이다.

- 穀: 초정은 씨감자의 보관 방법과 우리나라에서 곡식 이름이 지방마다 다 다르게 불리는 것에 대해 이야기한다. 중국은 밭에 심은 곡식 세 줄 사이가 우리나라의 밭곡식 두 줄 넓이와 같다고 한다. 파종 방법이 잘못되었다는 말이다. 밭과 소와 사람과 농기구의 파종 간격을 고르게 하면 씨앗이 들쭉날쭉하지 않게 자란다는 말이다. 또 우리나라는 콩이나 보리를 심을 때 마음 내키는 대로 마구 뿌려 곡식이 더부룩하게 얽혀 바람과 볕을 고루 받지 못한다면서 많이 뿌린다고 수확이 많다는 것이 아니라고 말한다.

초정은 물이 물의 구실을 못하고, 불이 불의 구실을 하지 못하고, 쇠가 쇠의 구실을 하지 못하며, 나무가 나무 노릇을 하지 못하며, 흙이 흙의 구실을 하지 못하고, 곡식을 마음 내키는 대로 뿌려 지실이 든다고 한다. 결국 육부를 제대로 다스리지 못하니, 물건의 쓰임을 이롭게 하며 삶을 두터이 할 수 없다고 하였다. 중농주의자인 초정 선생이 본 게 이와 같다.

그 식견이 이러하고 무릇 유교를 배우며 공자 왈 맹자 왈 하는 유생들은 도태시켜야 한다는 말을 내뱉는다. 『서경』에서도

"하루 일하지 않으면 먹지도 말라 일일부작 일일불식(一日不作 一日不食)"
고 하였다. 지금의 정부 관료나 공무원들이 이 도서를 읽으면 어떨까 생각한다. 경세춘추經世春秋는 곧 경세치용經世治用이 아닌가! 세상을 경영하는 데 있어 봄볕과 같이 따뜻한 상을 내리고 가을에는 추상 같은 벌을 내린다는 말 아닌가! 『장자』의 「제물론」에 나오는 대목이다. 경세는 고사하고 문벌과 학벌 그리고 혈연에 허덕이는 대한민국의 자화상이다. 초정은 과거에 오르기 위해 일정한 시험의 격식에 맞추어야 하는 폐단을 꼬집는다. 현재의 행정·사법·외무고시제도를 꼬집는 듯하다. 가히 석학이라 할 만한 초정 선생이다.

비움은 또 다른 채움을 주는 곳간

一爲萬數之首 虛爲萬實之府 일위만수지수 허위만실지부
1은 모든 숫자의 으뜸수이고, 비움은 모든 것을 채울 수 있는 곳간이다.
靜爲萬化之基 貞爲萬事之幹 정위만화지기 정위만사지간
고요함은 만물을 생성시키는 기초이고, 곧음은 모든 일을 이루게하는 기둥이다.
淸爲萬物之高 謙爲萬益之柄 청위만물지고 겸위만익지병
맑음은 모든 몬사물의 고아함을 이루게 하고, 겸손함은 모두에게유익함을 주는 사자어금니 요체(要諦)이다.

儉爲萬福之原也 ^{검위만복지원야}

검소함은 만복의 근원이다.

위에는 조선 중기 도덕 정치를 주장하고, 이색적이고 독
창적인 학설을 낸 장현광^{張顯光, 1554~1637}을 기리는 『귀암집^{歸巖集}』
권9 「여헌장선생행장^{旅軒張先生行狀}」에 보이는 대목이다.

1이라는 숫자는 만물의 근원이다. 으뜸수인 것이다. 하늘
과 땅이 아직 열리지 않았을 태고에는 태극^{太極}이 있었다. 태극
이 갈라지며 곧 음과 양이 생겨났던 것이다. 지금은 디지털 시대
라고 한다. 디지털은 무엇인가? 바로 십진수의 근간이 되는 0과
1의 조합으로 된 수의 개념이다. 그렇다면 지금 우리는 태고의
시절로 가는 것인가? 아니다. 우리는 아직도 0과 1이라는 숫자
의 조합에 길들고 있지는 않은 듯하다. 동양의 사고방식은 디지
털이 아닌 아날로그적 사고의 틀에 놓여 있다.

곳간이 차면 비워야 한다. 꽉 찬 곳간의 곡식은 썩게 마련이
고 쥐가 드나들기 마련이다. 사람들은 채우면 채울수록 더 채우
려 아우성치고 아등바등한다. 늘 비운다 비운다 하면서 더 채우
려는 게 사람의 게염이다. 자신은 비우질 않고 남에게만 비우라
고 말한다. 사람들은 이런 식으로 늘 비우라고 하면서 자신은 정
작 비우질 않는 이율배반적인 궤변을 늘어놓는다. 비우면서 또
다른 채움을 기다리는 게 자연의 섭리이다.

정중동^{靜中動}, 태곳적 우주는 고요하면서도 그 안에 삼라만상

을 잉태하려는 몸부림이 있었다. 정중동, 곧 태극에서 음과 양이 나오고 그다음으로 오행의 법칙이 나왔으니 고요함이야말로 만물을 생성시키고 소멸시키는 원류인 셈이다.

바름^貞은 무엇인가? 바로 '자연의 섭리를 조금도 벗어나지 않는 것' 곧 '선천이천불위先天而天弗違'이다. 『주역』의 알짬핵심이 되는 대목이다. 모든 사물은 각각 본래의 성질과 형질을 타고났다. 자연에 순응하면서 이러한 성질과 형질이 변해가는 것인데, 그래도 영원히 변치 않는 것이 본성이다. 이러한 본성은 곧 삼라만상 모든 것에 깃들여져 있는 정貞이 되는 것이다. 정이 변하면 자연의 질서와 인간의 본성이 망가지는 것이다.

맑음은 인간의 정신과 사물의 본성이 순수한 형태로 남아 있다는 말이다. 맑지 않으면 모든 사물이 추잡스럽고 볼품없는 것에 지나지 않는다. 하지만 지금은 맑은 정신과 마음을 보는 게 여간 어렵지 않다. 모든 것에 덧씌우기를 하거나 눈 가리고 아웅 하는 일이 다반사이니 어느 것이 맑고 맑지 않은지 분별하기가 어렵다. 겸손함은 서로에게 유익한 것이다. 잘 났다고 뻗대면 결국 서로에게 별 이득이 되지 않고 결국에는 손해만 될 뿐이다. 겸손함은 어짊仁에서 뻗어 나온 예禮를 말하는 것이니 예는 곧 행동으로 보이는 공경함敬이다. 경은 곧 마음속을 밝혀주는 등불이며 예는 곧 등불을 타인에게도 비추는 겉으로 드러난 경의 실체인 것이다.

검소함은 과소비의 반대 개념이다. 돈을 물 쓰듯 쓰면 나라 경제나 가정 살림은 거덜 나기 십상이다. 한때 소비가 미덕이라고 하였다. 그러나 이는 잠시 경기침체에 따른 내수^{內需}를 끌어올리기 위한 고육지계^{苦肉之計}인 셈이다. 곶감 빼어 먹 듯하다가 결국 쪽박 차게 되는 것이다. 가정 살림이나 나라 살림을 잘 돌봐야 할 것이다. 요즘 복지 포퓰리즘이니 뭐니 말이 많다. 국민의 세금을 들여 마구잡이식으로 복지정책을 추진하는 것은 곶감 빼어 먹는 꼴이 될 것이다.

위천거천^{爲天去天}

조선이 건국된 이후 청백리^{淸白吏}는 몇 명이나 될까? 조선 태조부터 정조 때까지 110명의 청백리가 있었다. 한 고을의 수령이 되려는 자들은 그간 수천 또는 수만 명은 되었지만 500년 역사의 조선은 그리 많지 않은 청백리를 남겼다. 현재를 사는 우리는 얼마나 많은 청백리를 낼 수 있을까?

청나라는 옹정제^{雍正帝} 원년인 1723년에 탐관오리를 없애고 염리^{廉吏}, 즉 청백리를 내기 위하여 양렴은^{養廉銀} 제도를 실시하였다. 이 제도를 실시하려는 취지는 "관료들이 재물을 탐내고 뇌물을 받는 일이 많다는 소문이 자주 들리니 이 제도를 특별히 설치한다. 양렴은이라는 이름을 마음에 되새기고 의로움을 생각

하여 청렴결백한 관리가 되도록 힘쓰기를 바란다^{인관리탐장 시유소}
문 특설차명 욕기고명사의 면위염리야(因官吏貪贓 時有所聞 特設此名 欲其顯名思義
勉爲廉吏也)."한마디로 이 제도의 실시 목적은 청렴결백한 관리의
자질과 기품을 기르는 데 있었다.

이 나라 안에서는 지금도 버젓이 관직을 둘러싸고 뒷돈이 오
가고 있다. 얼마 전에는 공직 선거의 후보 단일화에 담합과 은밀
한 거래가 이루어지고 있었다. 이 뒷돈 거래는 결국 민초들이 낸
세금으로 이루어지는 것이다. 나라의 세금을 곶감 빼 먹듯 야금
야금 집어삼키고 있다. 민초들의 때 묻고 코 묻은 앵이로 국민을
위한다는 허울 좋은 핑계를 대면서 엉너리^{남의 환심을 사려고 능청스}
^{러운 수단을 쓰는 짓}를 치고 있다. 관직이나 권력의 근방에는 엉겁^끈
^{끈한 물건이 마구 달라붙은 상태} 같은 이들이 몰려 파리 떼처럼 들러붙
어 있다.

파리 떼가 사람의 얼굴에 들러붙고, 모기가 사람의 살갗을
물어뜯는 형국이다. 파리가 사람의 얼굴에 들러붙으면 간지럽
고 짜증이 나며, 모기가 살갗을 물어뜯으면 따갑고 살갗이 부어
오른다. 사람은 도대체 무슨 물건인가. "승집인면 문최인부 부지
이인위하물^{蠅集人面 蚊嘬人膚 不知以人爲何物}." 명나라 말 청나라 초의
사람 장조^{張潮}가 쓴 『유몽영』에 나오는 대목이다. 파리 떼가 얼
굴에 들러붙으면 사람들은 이를 쫓아내려 하지만 모기떼가 살
갗을 물면 사람들은 이를 필사적으로 죽이려고 한다. 작금의 상

황을 보건대 사람들은 파리 떼는 쫓기만 하고 필살必殺의 지경에 이르지 않는다. 부패와 비리 척결을 서두르지 않는다. 마치 모기에게는 필살의 공격을 하지만 파리에는 필살의 잠개무기를 쓰지 않는 것과 같은 것이다.

부정과 비리가 드러나면 사람들은 손사래를 친다. 내가 그런 게 아니고 저 사람이 먼저 그랬다는 둥 숫제 함께 빠져 죽자는 물귀신 작전을 쓰거나 서로에게 독약을 쏘아대고 불길을 사르는 화생방전을 방불케 하는 치명적인 난타전을 벌인다. 너 죽고 나 죽자는 식으로 막무가내이다.

청렴결백을 바랐던 옛날의 양렴은 제도를 도입한들 저들에게 먹히기나 할까! 그저 내 집안이나 일구어 놓고 잘 살면 된다는 식의 파렴치한들이다. 공직에 오르는 일은 걸군乞郡이다. 옛날 수령의 자리에 오르려는 이들이 벌이는 각축장이다. 충주 관아에 가면 제금당製錦堂이라는 건물이 있다. 무슨 뜻인가? 어진 이가 현령의 자리에 오른다는 뜻이다. 이 나라 걸군들은 이 말을 가슴에 새기고 벼슬을 빌려 민초들의 삶을 푼더분하게여유가 있고 넉넉하다 해야 할 것이다. 제금당에 오르려면 걸군들은 "반드시 하늘백성이 바라는 바대로 해야 하고 하늘이 싫어하는 바를 버려야 할 것이다필위천지소욕 이거천지소오(必爲天之所欲 而去天之所惡)." 『묵자墨子』의 「천지天志」하下에 보이는 대목이다

걸군乞郡하는 이들이여!

백성을 다스리는 이가 마음에 담아두는 글, 이게 목민심서의 사자어금니가 되는 줄거리이다. "백성 보기를 아래로 보아서는 안 되고 어진 마음과 자애로움으로 친하게 지내야 한다민가근 불가하(民可近 不可下)"는 말이 있다. 이는 『서경』「감서甘誓」에 나오는 대목이다.

모름지기 수령이 될 이는 어질고 청렴결백하고 결단력이 있어야 한다는 게 다산의 생각이다. 세상을 경영함에 있어서 봄에는 따뜻한 마음으로 백성을 위무하며 가을에는 모름지기 잘잘못을 가려 벌을 주는 게 수령된 이의 책무인 것이다. '경세춘추經世春秋'라는 말이다. 벼슬자리는 곧 모두가 지닐 수 있는 공기公器이다. 이는 벼슬자리를 삿된 욕심으로 사사로이 할 수 없다는 말이다. 오죽했으면 수령의 자리를 얻으려는 것을 걸군乞郡이라 했을까! 벼슬을 얻으려고 동분서주하는 이들이 민심을 얻는 게 아니라 구걸하는 것이라고 하니 구걸한 것은 아껴서 먹어야 한다는 말이다. 백성으로부터 거둔 구실세금을 아끼고 어렵게 여겨야 한다는 것이다. 백성의 때 묻고 땀이 서린 앵이를 함부로 써서는 안 된다.

수령의 자리에 오르기 위해서는 극기복례克己復禮를 해야 할 것이다. 『논어집주』에서는 '기己'자를 '삿된 욕심', 즉 '사욕야私慾

也'라고 풀이하였으니 다산 선생께서도 늘 이 점을 염두에 두어야 함을 말씀하신다. 나를 이기는 것, 곧 삿된 욕심을 버리는 것이 곧 고을을 다스림에 앞서 수령이 지녀야 할 대목이라는 것이다. 극기克己를 하지 못하면 결국 한 고을을 해치고 나라를 좀먹는 것이 되는 것이다. 수령의 자리에 오르려면 먼저 몸닦달을 해야 한다는 것이다. 곧 수신修身이 먼저 되어야 한다는 것이다. 수령이 되기 전이나 된 후에 이미 한 고을의 곳간을 넘보는 것은 백성을 수령의 아랫사람으로 보는 것이니, 백성을 위하는 마음이 없다는 것이다.

제금製錦이라는 말이 있다. '어진 이가 수령의 자리에 오른다'는 말이다. 수령은 어질기만 해서는 안 된다. 결단력과 추진력 그리고 행정 사무에도 밝아야 한다는 것이다. 어질게 보이고 행정 실무에 밝지 못하면 아전들이 수령을 업신여기고 수령을 손바닥 위에 올려놓고 까불리기도 한다고 다산은 말한다.

『목민심서』에는 재해에 대한 대비, 공업의 육성, 기근에 대한 대비, 도로의 정비, 산림의 육성, 군사 훈련, 병역의 의무, 과거제도의 정비, 백성에 대한 교육, 농사의 적극적 권장, 토지 개혁 등에 관한 내용들이 나온다. 위와 같은 일들을 잘 시행하여 처리하면 곧 능력 있고 어진 수령이 된다는 것이다.

다산은 자신을 이겨 청렴결백하고, 백성을 이롭게 하는 이를 어질고 능력 있는 수령이라 한다. "벼슬이라는 것은 천하의 모든 이들이 가질 수 있는 공기이다. 그러니 덕망을 지니는 것이 첫째이다관작자 천하지공기 덕망위선(官爵者 天下之公器 德望爲先)."라고 하였다. 이는 『구당서舊唐書』 권 99 「장구령열전張九齡列傳」에 보이는 대목이다. 공기公器를 잘못 알고 제멋대로 쓰면 백성들의 거꾸로 난 비늘에 찔릴 수 있다. 또 『한시외전韓詩外傳』 권 1에는 "물이 흐리면 물고기가 숨이 차서 입을 벌름거리고, 구실세금이 무거우면 민초는 난을 일으킨다수탁즉어우 영가즉민란(水濁則魚喁 令苛則民亂)"는 대목도 보인다.

다산 선생의 뼈저린 체험에서 나온 것이 『목민심서』이다. 어릴 때부터 아버지를 따라서 보고 들은 것을 적은 글이다. 『목민심서』를 탈고한 뒤에 전남 강진에서 18년의 유배 생활을 마치며 뭍으로 나온다. 그때가 그의 나이 57세였다. 다산의 가슴에 쌓여 있던 구실아치벼슬아치들에 대한 통절痛切한 비판과 개혁에 대한 열망이 글에 묻어나오고 있다.

범을 그리려다……

刻鵠不成尚類鶩각곡불성상류무
고니를 새기고 그리려다 오리도 그리지 못하고,
畫虎不成反類狗화호불성반류구
범을 그리려다 도리어 개도 못 그리게 된다.

사람들은 처음에는 득의양양하여 무언가를 이루려고 하지만 나중에 흐지부지되는 경우가 있다. 애당초 결심한 의지와 마음가짐이 끝에 가서는 흐려지는 것이다. 사람으로서 가장 경계해야 할 것이다. 초심初心이 무너지는 순간 '내가 왜 이럴까?' 하고 반문한다. 일을 추진하는 과정에 무엇인가 문제가 있는 것임이 틀림없다. 결과에 집착하다 보면 과정은 무시되는 경우가 많다. 결과에 매달려 과정을 그르치는 경우가 있다는 점을 염두에 두어야 할 것이다. 아래 나오는 글은 마원馬援, 기원전 14~기원후 49이 형의 아들을 훈계하는 뜻으로 한 말이다. 기원후 41년 마원은 「계형자엄돈서誡兄子嚴敦書」라는 글을 써서 형의 아들인 마엄馬嚴과 마돈馬敦을 경계코자 하였다. 다음은 『후한서後漢書』 권 24 「마원전馬援傳」에 보이는 대목이다.

> 어느 날 마원은 흉노족과 일대 접전을 벌인다. 이때 마원은 "사내는 마땅히 전장에서 죽어야 한다. 말의 가죽끈에 시신을 싸서 돌아와 장례를 치러야 한다. 어찌 편안하게 침상에 누워 아녀자의 수족에 있겠는가?남아요당사어변야 이마혁과시환장 하능와상상재아녀자수중야(男兒要當死於邊野, 以馬革裹屍還葬, 何能臥床上在兒女子手中邪)"라고 하였다.

고니를 그리려다 고니의 붉은 주둥이와 긴 목을 그리지 못하고 오리의 노란 주둥이와 짧은 목도 그리지 못하게 된다. 범을 그리려다 범의 코털과 꼬리 그리고 화려한 범의 무늬도 그리지 못하고 도리어 개의 모양만 그려낼 수 있다. 본질을 망각하고 지엽말단枝葉末端에 머무른다는 말이다. 장수인 마원은 장수로서의 본분에 충실했던 것이며 지엽말단에 얽매이지 않은 인물이었던 것이다.

작금의 세상은 지엽말단과 엽기적인 흥취에 너무 몰두해 있지는 않은지 생각해 본다. 결과를 중시하다 보니 과정을 무시해 버리는 게 요즘 일상의 다반사인 듯하다. 고니를 그리는 것보다는 오히려 오리를 그려내는 진솔함과 범을 그리는 것보다 개를 그려내는 진솔함이 더 가치 있는 게 아닌가!

애당초 결심한 마음이 시간이 지나면 퇴색되어 그 본질을 망각한다. 본질이 무너지면 지엽말단으로 흐른다. 지엽말단이 지나치면 이단異端이 되고 엽기적인 결과를 드러낸다. 범과 고니는 본질인데 결국 개와 오리는 이단이며 지엽말단인 것이다.

필자는 문득 마원의 글을 곱씹으며 외람되게도 다음과 같이 생각을 적어 보았다.

闊悟於物 觀之爲客矣 활오어물 관지위객의
사물을 널리 깨달으면 사물을 보는 시각이 객관적이 되고,
凝滯於物 觀之爲主矣 응체어물 관지위주의
사물에 엉기어 삿된 생각에 골똘하면 사물을 보는 눈이 주관적이 된다.

초심이 무너지면 결과가 얼토당토않게 된다. 본질이 무너지면 지엽말단이 된다. 사물의 알짬을 깨달으면 사물이 객관적으로 보이며, 사물에 엉기어 삿된 생각을 골똘히 하면 사물을 보는 게 어지럽고 비뚜름히 보이게 된다.

관성자管城子

대나무의 몸통에 털을 앓아 새끼를 배고 입으로 토해 새끼를 낳는 토끼털로 머리 치레를 한 것이 있다. 책 시렁 위 필통에 꽂힌 붓은 그 검은 머리를 위로 쳐들어 천장을 바라보고 있다. 붓은 진시황 때 몽염蒙恬, 기원전 ?~210이 만들었다고 한다. 한유韓愈, 768~824가 쓴 「모영전毛穎傳」에서 붓은 천하통일을 이루는 데 없어서는 안 될 물건으로 그려지고 있다. 「모영전」은 붓을 의인화한 작품이며 소설 같은 형식을 띠면서 재미있게 붓의 유래와 붓의 쓰임새를 그려낸 작품이다. 모영毛穎은 곧 붓털을 말하는 것이다.

몽염 장군이 초나라를 정벌하다가 중산中山이라는 곳에 묵으면서 점을 치는데 점쟁이가 축하하며 말하기를 "오늘 잡을 짐승은 뿔도 없고 이빨도 없고 갈옷을 입은 무리입니다. 입은 언청이이고 긴 수염이 났으며 구멍이 여덟 개이고 도사리고 앉아 있습니다. 오로지 그 놈의 털을 얻어 그것을 종이와 함께 쓰면 천하의 글씨가 가지런히 될 것이며, 진나라는 마침내 제후들을 아우르게 될 것입니다.”라고 하였다. 진나라 황제는 그를 관성^{管城}이라는 땅에 제후로 봉하여 관성자^{管城子}라고 하였다 한다. 대롱 끝에 토끼털을 단 붓이니 대문장가인 한유가 기막히게도 이름을 지은 게 관성자가 아닌가 한다.

한유의 글에 붓은 기억력이 좋고 약삭빨라서 태고 시대로부터 진나라에 이르기까지의 일들을 모두 글로 적었다고 한다. 글자와 그림 그리고 제자백가의 글과 부처와 노자 및 외국의 학설들을 모두 자세히 적바림하였다고도 한다. 또한 시대의 업무에도 통달하여 공문서와 장부 및 모든 문서를 기록하고 돈 거래 내역 및 여러 가지 기록들을 빠짐없이 적어 진시황과 태자인 부소와 호해 승상 이사^{李斯} 및 서민들까지 그를 사랑하고 아끼지 않은 이가 없었다고 한다.

여러 사람의 뜻을 잘 따라서 바르고 곧고 비뚤어지고 굽고 교묘하고 졸렬한 것을 모두 그 사람의 붓 가는 바에 따랐다고 한다. 혹여 버려지는 일이 있더라도 끝내 입을 다물고 아는 바를 누설하지 않았다고 한다. 붓은 그만큼 입이 무거웠다는 것일 게다. 다만 무인^{武人}들은 그를 좋아하지 않았다고 한다.

모영, 곧 붓은 진현^{陳玄}과 홍농도홍^{弘農陶泓} 그리고 회계^{會稽}의 저선생^{楮先生}과 친하게 지내며 벗을 하였다고 한다. 진현은 산서성의 강주^{絳州}에서 나는 이름난 먹을 의인화한 것이며, 도홍은 하남성의 홍농에서 나는 벼루를 의인화한 것이며, 저선생은 회계 지방에서 나는 종이를 의인화한 것이다. 황제가 모영을 부르면 이들 세 사람은 곧장 갔다고 한다.

그런데 한유는 공자孔子에 의하여 절필을 당했다고 한다. 공자께서 노나라 은공隱公 원년부터 시작하여 노나라 애공 14년까지 기록한 『춘추』는 "임금이 서쪽으로 사냥을 나갔다가 기린을 잡았다."라는 데서 끝을 맺는다. 곧 서수획린西狩獲麟인 것이다. 공자께서는 이 대목을 끝으로 『춘추』를 더 이상 기록하지 않는다. 붓은 공자보다 약 300년 후 사람인 몽념이 만들었는데 공자께서 주유천하周遊天下를 끝내고 고향인 곡부曲阜로 돌아와 『춘추』를 저술할 때 절필絶筆을 하였다는 것은 앞뒤가 맞지 않는다. 하지만 한유의 「모영전」은 어디까지나 허구虛構로 지어진 작품이니 이 점은 감안하고 읽어야 할 것이다.

「모영전」의 결론은 모영이 처음에는 포로로 잡혀 진시황을 뵈었지만 나중에 벼슬에 임용되고 진나라가 다른 나라를 멸망시키는 데 모영도 공을 세웠으나 공로에 대한 상은 내리지 않고 늙었다고 버림을 받았으니 진나라는 배은망덕하다고 한유는 적고 있다.

붓은 본디 「모영전」에서 보듯 토끼털로 만들어졌으나 나중에 양털, 쥐 수염, 돼지털, 족제비 꼬리털, 갓난아이의 처음 나는 머리털로 만든 배내 붓, 조선 시대 미수眉叟 허목許穆, 1595~1682이

만든 대나무를 가늘게 갈라 만든 붓 등 여러 가지가 있다. 글씨를 쓸 때 황모, 일명 족제비 꼬리털로 만든 붓이 값도 비싸고 글씨가 흩트리지 않고 반듯이 쓰인다. 붓은 말로써 할 수 없는 사람의 깊은 뜻과 기개氣槪를 드러내 준다. 흘림체로 쓰인 글, 반듯한 정자체, 약간 흘려 쓴 행서체, 고졸古拙한 맛을 자아내는 예서체 등 여러 가지 글자체는 문자향文字香의 그윽함이 묻어난다.

옛날의 문인들은 매일 붓을 들어 썼으니 붓의 수명은 날로 셈한다면 엄청나게 짧았을 것이다. 움직임이 빠르니 날랜 말의 질주를 따라잡았을 것이다. 붓은 입이 무겁고 행동은 걸싼 데가 있다. 말은 삼가되 행동은 날래게 하라는 옛사람의 말을 필자는 붓의 움직임에서 찾고자 한다. 『논어』「학이」편의 "민어사이신어언敏於事而愼於言" 이랄까!

「투구행鬪狗行」

誰投與狗骨수투여구골
누가 개에게 뼈다귀 던져 주었나.
群狗鬪方狠군구투방한
개 떼 지어 사납게 싸우네.
小者必死大者傷소자필사대자상
작은 놈은 죽고 큰 놈은 다치니

有盗窺窬欲乘釁^{유도규유욕승흔}

도둑놈이 작은 문으로 엿보고 그 틈을 노리네.

主人抱膝中夜泣^{주인포슬중야읍}

주인은 무릎 껴안고 한밤에 흐느끼나니

天雨墻壞百憂集^{천우장괴백우집}

비 내려 담장 무너지며 온갖 근심 모이네.

    위에는 『석주집^{石洲集}』 권 2에 보이는 대목이다. 예나 지금이나 권세 자루를 쥔 이들 곁에는 늘 비인소배^{非人少輩}들이 알랑방귀를 뀌며 나부대는가 보다. 이를 보다 못한 권필^{權韠, 1569~1618}이 위와 같이 입찬말로 읊어대고 있다. 뼈다귀를 던져주어 개싸움을 하게 만드는 것이다. 뼈다귀라는 이문이 남고 영양가 있는 물건을 던져주면 죽자 살자 싸우는 게 개나 사람이나 매일반인가 보다. 힘없는 놈은 자빠져 깨지고 잘못하면 죽어 나가기 십상이고 같이 싸우던 힘 있는 놈도 상처 입기는 마찬가지다. 기는 놈위에 나는 놈 있다고, 그 틈을 보아 어디서 보지도 듣지도 못한어떤 놈이 달려들어 뼈다귀를 통째로 가져간다. 개를 잃은 주인은 슬퍼하고 거기에 더하여 때마침 비가 내려 허물어져 가던 담장마저 무너지니 집안에 도둑놈의 발을 들여놓기에 안성맞춤이다. 지금이나 예나 이런 일이 횡행하는 것은 왜일까? 그놈의 게염에 게걸스러운 혀를 날름대는 인간들 때문이다. 남을 못 잡아 먹어 안달이고 눈이 뒤집히는 형국이니 꼭 개싸움을 보는, 아니 개싸움보다 더한 추한 몰골을 보여주는 게 아닌가! 다음은 당나라 때 유종원柳宗元, 773~819이 지은 「부판전蝜蝂傳」에 보이는 대목이다.

부판蝜蝂이라는 놈이 있다. 이놈은 쇠똥구리라는 녀석이다. 이 녀석은 등짐을 잘 지는 놈인데 다니다가 무엇을 보면 양 날개 껍데기로 긁어모은 다음 머리 숙여 굴려서 등에 진다. 등이 점차 무거워 쩔쩔매더라도 그치는 일이 없다. 등은 아주 까칠까칠해서 등에 진 물건이 잘 떨어지지 않는다. 끝내 엎어지고 뒤집어져 일어나지 못하면 사람들이 가엾이 여겨 등짐을 내려주면 곧 길을 가면서 예전처럼 다시 등짐을 진다. 높은 곳에 오르기를 좋아해 힘이 부쳐도 그만두지 않아 급기야 땅에 떨어져 죽는다. 지금 세상에는 재물을 긁어모으기를 좋아해 재물이 눈앞에 보이면 이를 피하지 않고 집안 살림을 더욱 불리려고 한다. 자신에게 해가 됨을 모르고 재물을 모으지 못할까 전전긍긍한다. 일에 게으르게 굴다가 순조롭지 못하면 파면되거나 쫓겨나니 이게 고통이 아닌가. 날마다 직위를 높이고 봉록이 오를 것을 생각하고 욕심이 더욱 심해져 거의 추락할 지경에 이른다. 예전에 죽은 것을 보면서도 경계할 줄 모른다. 비록 허우대가 큼지막하여 사람이라고 불리지만 지혜는 작은 곤충의 지혜와 같다. 어찌 슬퍼하지 않을 것인가!

쇠똥구리는 눈앞에 보이는 쇠똥에만 온통 정신이 팔려 있다. 이놈은 아예 태산泰山이라도 짊어질 기세다. 무거운 짐을 지고 끙끙거리다 엎어지고 뒤집어진다. 사람들이 그의 등짐을 덜어내자 예전처럼 다시 등짐을 진다. 이런 미련한 벌레가 있나 싶다. 사람을 쇠똥구리에 비유한 허구虛構의 창작물이지만 우리에게 일침을 가하는 듯하다.

공자孔子가 참새 잡는 이가 잡은 참새를 보니 모두 어린 새끼 참새만 다래끼에 들어 있었다.

공자가 묻기를 "어찌 어미 참새는 잡지 못하였는가?" 하니

참새 잡는 이가 말하기를 "어미 참새는 잘 놀라 날아가기에 잡기가 어렵지요. 하지만 새끼 참새는 먹이 먹는 것에 정신이 팔려 잡기가 쉽지요. 어미 참새를 따라다니는 새끼 참새는 잡기 어렵고 또 새끼 참새를 따라다니는 어미 참새 또한 잡기 어려운 것이오."

공자가 제자들을 돌아보고 탄식하여 말하기를 "잘 놀라 달아나는 게 해로움을 멀리할 수 있고. 모이를 쪼아 먹는 데 골몰하면 동티재앙가 다가오는 것을 모르는 것이다. 어떤 것을 따르느냐에 화와 복이 갈리는 것이다. 그러므로 군자는 그가 따르는 바를 삼가는 것이니 지혜 있는 이의 생각을 따르면 몸을 온전히 보존하지

만 빙충맞은똑똑하지못하고어리석고미련하다 소인의 지혜를 따르면 위
험을 당하여 죽거나 해를 당하기 마련이다."

위에는 『공자가어孔子家語』 「육본六本」에 보이는 대목이다. 필
자는 위의 예를 모조리 번역하고 풀이하면서 개싸움에 정신이
팔려 집을 지키는 본분을 잊은 개나 이를 틈타 도둑질을 하려는
도둑놈을 작금의 상황에서 바라보면서 쓴웃음을 짓는다. 욕심
으로 무거운 등짐을 져 나르는 쇠똥구리의 모습에서 인간의 모
습과 흡사함을 보았으며, 큰 도둑은 잡히지 않고 송사리와 같은
좀도둑만 잡히는 이 누리의 자화상을 그려보았다.

이정당종以莛撞鐘

때는 춘추 시대였다. 어느 날 조양자趙襄子, 기원전?~425가 공자孔子를
만났다. 조양자가 공자에게 말하기를.
"선생은 경의를 표하며 70여 제후를 만났으나 선생의 도道는 먹혀
들지 않았소. 이 세상에는 현명한 임금이 없다는 것을 어찌 모르
시오? 선생의 도에 뜻을 둔 이들이 있으나 그 도가 통하지 않소?"
공자는 아무 대답을 하지 않는다. 어느 날 조양자가 공자의 제자
인 자로子路, 기원전 542~480를 만나 말하기를 "일찍이 나는 그대의
스승에게 도를 물었는데 그대의 스승께서 대답하지 않았소. 알면
서 대답을 하지 않는 것은 세상을 피해 숨어 사는 것인데, 숨어 살

면서 어찌 어짊을 행하겠소. 만일 정말 알지 못한다면 어찌 성인^聖
人이 될 수 있소."

자로가 대답하여 말하기를,
"천하의 큰 종을 걸어놓고 작은 막대기로 치면 어찌 소리를 낼 수
있겠는가건천하지명종 이당지이정 기능발기성호재(建天下之鳴鍾 而撞之以挺 豈
能發其聲乎哉)!"

　한나라 때 유향^{劉向, 기원전77~6}이 쓴 『설원^{說苑}』 권 11 「선설^{善說}」
에 나오는 대목이다. 공자가 주유천하^{周遊天下}를 할 때 진^晉나라
라는 일개 제후국의 영수^{領袖}인 조양자라는 인물이 공자를 비웃
는 대목이다. 역시 공자의 제자답게 자로라는 사람이 한 방에 조
양자라는 사람을 '넉아웃^{knockout}' 시키고 있다. 자로가 말한 대목
은 식견이 짧고 얕은 너희가 어찌 공자의 깊은 치국^{治國}의 도를
알겠느냐는 것이다. 참새가 봉황의 뜻을 어찌 알겠는가? 한마디
로 입 다물고 네 할 일이나 하라는 말인데 듣는 이가 가슴이 움
찔하였을 것이다. 아니, 아예 제후국 임금들에게는 뼛성을 낸 입
찬말로 들렸을 것이다. 큰 종을 걸어 놓고 작은 막대기로 쳐 봐
야 댕댕거리는 소리만 들릴 것이다. 소리는커녕 잡음만 들릴 것
이다. 큰 종에 맞는 타종 기구가 있어야 종은 웅숭깊은 소리를
낼 수 있을 것이다.

공자가 주유열국周遊列國을 하면서 숱한 고난과 시련을 겪었음은 사마천이 쓴 『사기』「공자세가」를 보면 알 수 있다. 공자는 어짊을 정치의 이상으로 보고 이를 제후국에 알리려 한다. 하지만 대부분의 제후국 임금들은 뒷귀사리나 말귀를 알아채는 힘가 없이 전쟁과 권모술수에만 전심전력을 기울일 뿐이다. 인仁이란 무엇인가? 측은지심惻隱之心이다. 측은이란 무엇인가? 이는 곧 '남의 위급하거나 난처한 처지를 불쌍히 여기며, 남의 잘못된 점을 남에게 알리지 않는 것'이라 할 수 있다. 공자의 인의 정치란 바로 춘추 시대 제후국간 전쟁의 틈바귀에서 신음하고 고통받는 민초를 구제하려는 데 있었으며, 각 제후국이 전쟁을 멈추어 줄 것을 호소하려는 것이었다. 그런데 이 시대의 제후국들은 '땅따먹기'에 골몰하여 민중은 거들떠보지 않고 피를 흘리는 일에 열중하였다.

큰 종이란 인의 본 모습인데 작은 막대기로 쳐서 인을 알려고 하니 알 턱이나 있느냐는 반어反語의 뜻이 내포되어 있다, 큰 종을 울려 인의 본 모습을 알리려고 하나 인에 대하여 건깡깡이어떤 일을 하는 데에 아무런 기술이나 기구도 없이 맨손으로 함인 제후국의 작은 임금이 인을 어찌 알겠느냐고 자로는 조양자에게 힐문詰問을 하고 있는 셈이다. 당시 제후국 임금들이 인을 헤아릴 깜냥이나 있는가 하고 자로가 입찬말을 뱉어낸 것이다. 공자께서는 『논어』「이인里仁」편에서 인의 실천은 일상생활에 있음을 "군자는 밥 한 끼 먹을 동안에도 인을 거스르지 않으며 다급한 상황에서도 반드시 인에 머물며, 엎어지고 자빠지는 상황에서도 반드시 인에 머물러야 한다^{군자무종식지간위인 조차 필어시 전패 필어시}(君子無終食之間違仁 造次 必於是 顚沛 必於是)."라고 말한다. 인은 늘 우리 곁에 있는, 우리가 늘 행해야 할 인륜^{人倫}이다. 또 『논어』 「옹야^{雍也}」에서는 인의 실천 방법을 "무릇 어짊이란 자신이 서고자 하면 남부터 세워주고 자신의 목적을 달성하고자 하면 먼저 남부터 그의 목적을 달성케 하는 것이다^{부인자 기욕립이입인 기욕달이달인}(夫仁者 己欲立而立人 己欲達而達人)."라고 말한다.

작금의 상황을 보건대 옛날과 별반 다른 게 없는 것 같다. 남을 억누르고 자신이 입신양명하려는 게 과연 인이라 할 수 있는가! 이는 빙충맞은 이들이 하는 희대의 코미디이다. 얼마나 남을 밟고 자리에 오르려는 짓인가! 자신의 생각과 입에 맞지 않으면 이리저리 기웃거리고 틈새를 파고드는 게 인지상정이지만 너무하다. 오지랖이 넓으면 눈에 뵈는 게 없다. 눈에 뵈는 게 없으면 희뿌연 안개만 드리운 오리무중^{五里霧中}이 된다. 눈앞의 이곳에 가리면 모든 게 구부러져 보이고 삿된 것에 집착하게 된다. 고샅에서는 마을 앞에 훤히 뚫린 큰길을 보지 못한다. 이게 늘 문제이다.

인간의 얕은 세상 보기를 설파한 대목이 『한서^{漢書}』 권 65 「동방삭전^{東方朔傳}」에 보인다. "대롱으로 하늘을 엿보고, 표주박으로

바다의 물을 헤아린다^{이관규천, 이려측해(以管窺天, 以蠡測海)}."라는 대목
이다. 대롱으로 하늘을 다 볼 수는 없다. 표주박으로 엄청난 양
의 바닷물을 잴 수는 없는 노릇이다. 작은 작대기로 큰 종을 치
려 하면 잡음만 일고 도리어 작대기는 부러지기 마련이다. 아직
도 작은 작대기로 큰 종을 치려는 무지렁이 같은 이들이 있고,
드넓은 하늘을 대롱으로 보려 하고 바가지 하나로 세상의 민심
民心을 퍼 올리려는 이들이 있다.

광자狂者와 견자狷者

『맹자』「진심 하盡心 下」편에 광자狂者와 견자狷者 그리고 향원
鄕原을 그린 대목이 있다. 광자는 어떤 사람인가? 속에 품은 뜻이
크고 넓으며 진취적이며 적극적인 기질을 지닌 이다. 그러나 그
는 평소 자신이 지닌 뜻과 말을 미처 감당해낼 깜냥이 없는 어딘
가 엉성한 구석이 보이는 사람이다. 견자는 또 어떤 인간인가?
자신은 늘 청렴결백淸廉潔白하다고 외치며 세속에 물들지 않으며
제 한 몸 지키는 데 실수가 없으나 어떤 일을 당하면 소극적으로
대처하는 이라고 말할 수 있다. 광자는 넘치는 인물이고 견자는
미치지 못하는 인물이다.

공자께서는 중도를 실천하는 이를 만나 함께하지 못할 경우
에는 반드시 광자와 견자를 취하겠다고 한다. 광자는 진취적이

나 견자는 하지 않는 바가 있다고 하니 견자는 소극적으로 제 몸을 지키기에 바쁜 인물이다. 광자와 견자, 이 두 사람은 주체가 확고부동하며 겉과 속이 한결같아 옳지 못한 현실에 함부로 타협하지 않는 면이 있다고 공자는 말한다. 광자를 얻지 못하면 부패와 부정을 달갑게 여기지 않는 견자를 얻고자 한다고 공자는 다시 말한다. 그러면서 광자와 견자는 요 임금이나 순 임금의 기상을 지녔다고 한다.

공자는 "내 집 문 앞을 지나면서 내 집에 들어오지 않아도 서운해하지 않는 이는 오로지 향원鄕原이다."라고 말한다. "향원은 덕을 훔치는 도적향원 덕지적야(鄕原 德之賊也)"이라고 한다. 이는 『논어』「양화」에 나오는 대목이다. 향원이란 어떤 인물인가. 짐짓 세상 사람들에게 고양이소를 읊어대며 아첨하는 이다. 세상을 살아가는 데 모난 구석이 보이지 않는 사람이기도 하다. 비난을 하려 해도 비난받을 짓을 하지 않고, 세상을 살면서 좋은 게 좋은 것 아니냐며 사람들 틈바귀에 들어가서 사람들의 환심을 사는 이들이다. 남들과는 드잡이를 하지 않고 마찰을 일으키지 않는 이들이기도 하다.

자신의 잘못은 적당히 감추고 남의 잘못은 들추어내어 꼬치꼬치 캐묻기를 좋아하는 성품을 지닌 것도 한 특징이다. 겉으로는 덕이 있는 것처럼 행동하는데 이러한 처세는 곧 중용中庸을 행하는 것으로 보이기 십상이다.

맹자는 향원에 대하여 이렇게 말을 하고 있다. "흠을 잡으려고 해도 잡을 게 없고, 끄집어내려 해도 끄집어낼게 없다. 세상 사람들과 한통속이 되어 부패하고 타락한 세상과 어울려 사는 방식이 충실하고 미쁘게 보이며, 처신하는 게 깨끗해 보인다." 누구에게도 미움을 받거나 척을 짓는 일이 없으며, 사람들로부터 고임을 받고 자신도 자신의 처세술에 뿌듯한 긍지를 지닌다고 한다. 한마디로 겉과 속이 다른 이다.

향원은 한마디로 인仁을 해치는 공공의 적이다. "어짊을 해치는 것은 적이다적인자 위지적賊仁者 謂之賊." 이는 『맹자』 「양혜왕 하梁惠王 下」편에 보이는 대목이다. 향원은 중용을 지키는 이가 아니고 중용을 제대로 행하지 않는 사이비似而非나 이단으로 보아야 할 것이다. 얼렁뚱땅 넘어가고 짐짓 군자인 체하는 인물이다. 양은 양의 탈을 쓰고 소는 소의 탈을 쓰고 늑대는 늑대의 탈을 쓰는 게 동물 세계의 원칙이다. 그러나 인간 세계에서는 사람이 양의 탈을 쓰거나 늑대의 탈을 쓰고 날카롭고 게걸스런 발톱을 숨기고 이를 언제 휘두를지 그 속종이 묘연하기만 하다.

광자의 진취적인 기상과 견자의 청렴결백을 높이 사는 이유는 이들에게 위선이나 자신을 속이지 않는 기질이 있기 때문이다. 향원은 그 너그럽고 성스러운 공자께서도 멸시해버린 인물이다. 어짊을 해치고 중용을 벗어던져 버린 마음 때문이다. 늘 남에게 좋은 낯빛으로 다가서며 뱃속에 칼을 품은 이들이기 때문이다. 작금에도 향원들이 많은 이유가 무엇인가? 자신에게 이 곳이 돌아오길 기대하는 끌끌치 못한 마음이 있어서이리라. 향원이야말로 소인^{小人}이라 할 수 있을 것이다. 이들은 미쁨과 덕을 헌신짝처럼 버리는 속성을 지니고 있다. 남이 곤란을 겪을 때 이들은 겉으로는 도와주는 척하지만 속으로는 '허, 그것 잘됐다'고 할 인간 유형이다. 마뜩잖은 인간이다.

『한시외전』권 2에서 "소인들은 남이 곤란을 겪는 것을 보면 그거 잘됐다^{소인견인지곤즉행지(小人見人之困則幸之)}."라고 한다. 이게 곧 인간의 탈을 쓴 향원의 참모습일지도 모른다. 반대로 군자는 "군자가 남이 곤란을 겪는 것을 보면 이를 불쌍히 여긴다^{군자견인}^{지곤즉긍지(君子見人之困則矜之)}."

향원이 되는 것보다 광자와 견자의 기상을 지니는 게 더 대모 할런지 모른다. 후안무치^{厚顔無恥}의 향원이 점점 늘어나는 게 요즘의 모습이다. 구렁이 담 넘어가듯, 좋은 게 좋다고 여기는 마음이야말로 늘 조심해야하고 잡도리하여야 할 것이다. 마음에 우꾼한 볕이 들어야 할 터인데 매지구름^{비를 머금은 검은 조각구름}만 납덩이처럼 쌓여 짓누르고 있으니 답답할 뿐이다.

행시주육 行尸走肉

배움이란 과연 뭘까? 동양 고전에는 배움에 대한 숱한 말과 고사들이 전해지는데 배우는 방법과 그 효용에 관한 이루 헤아릴 수 없을 정도로 많은 적바림이 있다. 과연 배움이란 어떤 것일까? 우리는 늘 배움에 목말라하고 있다. 사람에게 밥이 없으면 배고파하고 물이 없으면 목말라하는 이치와 같은 것일까? 유교 경전인 『논어』「학이」편에도 배움을 필두로 성인의 말씀을 전하고 있다. 「학이」편 1장은 너무도 잘 알려져 인구人口에 널리 회자膾炙되고 있다. 고등학생도 한문을 아는 이들은 이 장 전체를 외운다.

천하 영웅인 항우가 어렸을 때 글을 배우려 했으나 제대로 배울 수 없어 학문하는 것을 그만두고 칼 쓰는 법을 배웠다. 이에 그의 숙부인 항량項梁이 화가 나서 그를 꾸짖었다. 그러자 항우가 말하기를, "글은 본인의 이름과 성만 쓸 줄 알면 됩니다. 무예를 배워 칼을 쓰면 한 사람의 적만 상대하면 되지만 배움이 부족하면 만인萬人의 적을 두게 됩니다."라고 응수하는 대목이 『사기』 권 7 「항우본기」에 보인다. 이 대목을 가만히 들여다보면 배움이 매우 어렵다는 것을 암시한다. 또 배워서 뭘 하냐는 빈정거림도 숨어 있다. 곧 기술만 배우면 되지 뭘 그리 골치 아픈 학문을 하느냐는 배움 기피 현상도 보인다. 살아가는 데 필요한 것만 배우면 되지 뭘 그리 고원高遠한 것에 매달려 허송세월을 하느냐는 코웃음 소리도 들리는 듯하다.

위의 예와는 거꾸로 다음과 같은 일화가 『습유기拾遺記』권6에 보인다.

"동한東漢 때 임말任末이라는 사람이 14살 때 스승 없이 홀로 배움에 골몰하여 책상을 등에 지고 험한 산에 들어가 공부하였다. 그는 늘 '사람이 배우지 않으면 뭘 이룰 수 있단 말인가!'라고 말했다. 그는 숲에 머물며 띠 풀을 엮어 초막을 짓고 살았으며, 붓이 없어 가시나무를 깎아 뾰족한 부분을 붓 삼아 수액을 찍어 먹으로 썼다. 밤에 등불이 없어 별과 달빛을 빌려 글을 읽고 날이 어두우면 바싹 마른 쑥부쟁이로 불을 밝혀 글을 읽었다. 글을 읽다가 깨달은 것이 있으면 이를 옷에다 적었는데 그가 적은 것을 보고 제자들이 배움에 대한 그의 부지런함에 기뻐하였다. 그는 성인의 말씀이 아니면 보지 않았다. 죽을 무렵 제자들에게 이르기를 '무릇 사람이 배움을 좋아하면 비록 죽었더라도 산 사람 같으며, 배우지 않은 이는 비록 살아 있더라도 산송장이고 뛰어다니는 고깃덩어리일 뿐이다.'라고 하였다." 행시주육行尸走肉! 후에 임말은 대학자가 되었다고 한다.

항우와 임말의 예에서 극과 극을 보는 듯하다. 항우는 칼 쓰는 법을 배워 결국 칼에 의해 죽임을 당하고, 임말이라는 사람은 대학자로써 명성을 후대에 남겼다. 항우와 임말 모두 후대에 명성을 남긴 점은 동일하다. 차이점은 학문과 기술이 묘한 대조를 이룬다는 점이다. 지금 우리는 너무 기술 중심의 지식 연마에 몰입하고 있다. 도학道學이 땅에서 내동댕이쳐진 게 오래전이다.

외람되게도 필자는 다음과 같은 문장을 지어보았다.

善鑿者建周而不拔 善基者致高而不蹶 선착자건주이불발 선기자치고이불궐

땅을 잘 파면 기초가 튼튼하게 되어 기둥이 뽑히질 않으며 기초를 튼튼히 하면 높이 쌓아도 쓰러지질 않는다.

善爲學者克己而不流 善交者周而不偏 善和者不比而不黨 선위학자극기이불류 선교자주이불편 선화자불비이부당

진정 학문을 하는 이는 자신의 삿된 욕심을 이겨 황음무도함에 빠지지 않고, 남과 잘 사귀는 이는 두루 사귀되 한 편으로 치우치지 않으며, 남과 잘 어울리는 이는 편을 갈라 무리 짓지를 않는다.

故君子能行是而不能流於非哉 고군자능행시이불능류어비재

그러므로 군자는 옳은 일을 행할 수 있으나 옳지 않은 일에는 빠져들 수 없지 않은가!

맹자는 배움을 "잃어버린 본심을 찾는 것이다 구방심(求放心)."라고 간단명료하게 간동그렸다.

이시목청耳視目聽

노자老子의 제자 중에 항창자亢倉子라는 이가 있었는데 노자의 도를 깨달았다. 귀로 사물을 보고 눈으로 소리를 들을 수 있었다. 노나라 군주가 이를 듣고 매우 놀라 사신을 보내 그를 지금의 국무총리 격인 상경上卿에게 후한 예를 갖추어 그를 모셔오게 했다. 항창자가 이에 응하여 노나라에 갔다. 노나라 군주가 자신을 낮추며 항창자에게 "정말 그러냐" 하고 물었다. 이에 항창자가 대답하기를 "제가 귀로 사물을 보고 눈으로 소리를 듣는다고 전한 이가 망언을 한 것입니다. 나는 귀로 듣고 눈으로 보기는 하지만 귀와 눈을 사용하지 않습니다."

노나라 군주가 "이는 사실과 다르지 않은가. 노자의 도는 어떤 것인가? 내 꼭 듣고 싶네." 항창자가 대답하기를 "제 몸은 마음과 하나가 되었으며, 마음은 기氣와 하나가 되고, 기는 정신과 일치를 이루어 정신은 무無와 합치됩니다. 나의 마음은 굳고 고결하여 불의 소리도 비록 먼 곳에 있더라도 아주 가까이에서 들을 수 있습니다. 또 나에게 무언가를 구하러 오는 이라도 나는 기어코 알 수 있지요. 그리하여 내 몸에 난 일곱 구멍과 팔다리가 느끼는 바를 알 수 없고, 가슴과 배 그리고 육장六藏이 아는 것을 느끼지 못하니 결국 나 스스로 아는 것뿐입니다."라고 하자, 노나라 군주는 무척 기뻐하며 다음 날 공자孔子에게 이를 말하였다. 공자는 그저 웃을 뿐 아무런 대꾸도 하지 않았다.

이는 『열자列子』의 「중니仲尼」편에 보이는 대목이다. 귀로 보고 눈으로 듣는다, 이게 무슨 해괴한 일인가. 눈의 기능은 보는 데 있다. 그런데 눈으로 듣고 있다. 또 귀는 듣는 기능이 있다. 그런데 귀로 본다고 열자列子는 역설을 쏟아내고 있다. 아주 생뚱맞다. 노나라 군주의 말에 항창자 자신은 눈과 귀를 사용하지 않는다고 한다. 소리는 귀로 듣고 사물은 눈으로 보고 있다고 말한다. 어찌 보면 한 나라의 임금을 기만하는 듯 보인다. 몸에 난 일곱 구멍과 팔다리, 가슴과 배 그리고 육장이 느끼는 바를 알 수 없다고 한다. 이만하면 초인超人의 경지에 다다랐다고 볼 수 있다. 기氣와 신神, 곧 형체와 영혼이 일체가 된 것이다. 기와 신은 통한다. 기와 영혼이 제대로 모인 상태이다. 기만 뻗치면 기고만 장氣高萬丈해진다. 신이 함께 버무려져야 항창자의 경지에 도달할 수 있다. 기가 빠지면 육체도 영혼도 없다. 반드시 신이 어우러져야 한다. 동양학에서 기란 음과 양이 제대로 배합된 상태의 기를 말한다. 이게 흩어지면 장정말 도루묵이다. 얘기가 좀 복잡하다. 눈으로 보는 게 아니라 듣고, 귀로 듣는 게 아니라 보는 것은 결국 마음의 눈과 귀를 길러야 함을 역설한 것이 아닐까? 우리는 눈에 보이는 것에 미혹되고 귀에 들리는 것에 시시비비를 가리고 있다. 기와 영혼이 제대로 버무려지면 온전히 삶을 살 수 있지만 그 반대가 되면 고단한 삶이 이어진다. 소문은 눈으로 보고 귀는 상대방의 표정으로 소문의 진상을 읽어내야 한다.

조선 중기 때 대학자인 서경덕徐敬德, 1489~1546은 독자적으로 기철학氣哲學을 갈무리하였다. 그는 『화담집花潭集』에서 "기가 제대로 모이면 맑디맑아 비어 있는 듯하여 끝내 흩어지지 않는다취지담일청허자 종역불산(聚之湛一清虛者 終亦不散)."라고 하였다.

『아언각비雅言覺非』

다산 정약용丁若鏞, 1762~1836, 참으로 석학碩學이자 조선 시대를 통틀어 봐도 몇 안 되는 박학博學한 지식인이었다. 이용후생利用厚生이라는 실학을 토대로 시대상을 담아내고 예리한 통찰력으로 당시의 사회를 꿰뚫고 있던 대학자이다. 필자는 몇 년 전부터 다산이 지은 『아언각비』원문을 읽어 왔다. 이는 우리말의 잘못된 연원을 따지는 글을 싣고 있다. '아언雅言' 이란 무슨 말인가? 이는 춘추전국 시대에 주나라의 수도인 낙양 근처에서 일반 백성들이 늘 쓰던 일반적인 말이다. 곧 백성들의 삶이 짙게 묻어나는 일상의 언어였던 것이다. 『논어』「술이」편에서 "공자께서 평소 늘 말씀하시는 것은 『시경』과 『서경』 그리고 예를 행하는 것이었으니, 이것이 평소에 늘 하시는 말씀이셨다자소아언 시서집례 개아언야(子所雅言 詩書執禮 皆雅言也)."라고 하였다. 공자께서는 시와 서 그리고 예를 집행할 때 늘 평소 일반 사람들이 쓰는 언어를 썼다는 대목이다. 당나라 때 사람인 공영달孔穎達, 574~648은 '아언' 은

'바른말정음야(正音也)'이라고 하였다. 아언각비雅言覺非는 곧 일반 사람들이 쓰는 언어가 합리적이어야 하는데 합리적이지 않으면 그 잘못된 점을 깨달아야 한다는 의미를 지니고 있다.『논어』의 위 대목은 '아언'의 출전이 되는 대목이다.

『아언각비』에 나오는 몇 대목을 필자가 풀이를 해보았다.

> 중이란 무리라는 뜻이다. 불가의 서적에 열거된 우리나라 말에 남자 중은 중衆이라 하고, 여승은 승僧이라고 한다. 이러한 연유로 초정楚亭 박제가朴齊家는 일찍이 "우리나라 말은 어그러지고 비뚤어진 게 많다고 하였다. 승을 훈독하면 중이 되니, 남자와 여자가 구별되어야 한다."라고 하였다.
> 다른 예로는 족足을 훈독하면 발跋이다 그러나 사람과 소의 발은 다르게 말한다. 사람은 발跋이라 하고, 소는 족足이라고 한다. 루樓는 다락多落이라고 하는데 귀신에게 올리는 향기로운 술을 다르게 부르는 것이다. 루는 함께 올라 풍광을 둘러보는 것이다. 다락은 물건을 갈무리하는 곳으로 쓰인다. 침은 파랄巴辣이라 하는데 의학에서 철로 다르게 쓰이고 있다. 악창 내지 등창을 다스릴 때에는 침이라 하고, 옷을 꿰맬 때에는 바늘이라 한다. 윤계진은 이에 덧붙여 이르기를 회灰를 훈독하면 재인데 돌과 땔나무는 구분이 있다고 한다. 석회는 회灰라 부르고 땔나무에서 나오는 회는 재災라고 한다.

금은 훈독하면 쇠鐵라고 한다. 그러나 누른 것과 검은 것이 같지 않다. 누른 쇠를 금金이라 하고 철은 쇠鐵라고 한다. 옥은 구슬玉瑢이라 한다. 그러나 조개에서 나는 옥과 돌에서 나는 옥은 다르다. 우리나라 말로 옥과 둥근 옥, 진주 둥글지 않은 구슬 등속을 아울러 구슬이라 한다. 이를 풀면 오로지 돌에서 나는 것을 옥이라 할 수 있다.

장은 마당麻當으로 불리며 농사꾼들이 별다르게 이용하는 것이다. 노점상이 물건을 팔고 사는 곳은 장場. 곡식을 터는 것이 마당이다. 또한 이어서 말하면 밀꿀을 훈독하면 홀呼이라 하는데, 진액과 앙금에는 구분이 있는 법이다. 단 진액을 굴屈이라고 하며 꿀벌의 집을 끓여서 짜낸 기름을 밀랍蜜蠟이라고 한다. 성을 훈독하면 재栽이다. 그러나 마을의 뜻인 읍과 산은 다르다. 읍에 성곽을 두른 것이 성城이고 산과 고개가 있는 게 재栽다.

노을霞(하)은 붉은 구름이다. 우리나라 말로 훈을 하면 무霧인데 방언으로 '안개霧霾'라고 한다. 송나라 휘종의 시에서는 "해가 저녁노을을 비추어 금빛 세상이로구나."라고 하였다. 누런 안개가 해에 갈마들어 금빛을 띤다. 어찌 오류가 아니겠는가! 옥이 붉게 물든 것을 '하瑕'라 하는데 하瑕는 하霞의 의미이다. 옥이 검게 물든 것을 '점玷'이라 하는데 점玷은 점點의 뜻이다. 점點자는 흑黑(얼룩)을 따라 만든 것이다. 항간에 떠도는 말로 글을 배우자니 그 괴리되고 어그러진 게 이와 같다.

다산 선생은 위의 예와 같이 수많은 어그러지고 잘못된 우리 말을 『아언각비』에서 조목조목 풀어내고 있다. 말의 정확한 뜻과 유래 및 그 쓰임을 바로 하고자 한다. 요즘 인터넷에 떠도는 은어, 비속어, 신조어新造語 등은 자못 우리가 쓰는 일상의 말을 혼탁하게 하고 있다. 말을 정화淨化시키는 게 어느 때보다 대모하다.

설시참신舌是斬身

말이 난무하는 세상이 이보다 더한 때가 없는 듯하다. 말은 언言이 아니라 어語이다. 1,800년 전 허신許愼이 쓴 『설문해자說文解字』에 언言은 기탄없이 말하는 것, 직언야直言也라고 하였다. 어語는 같은 책에 논야論也, 즉 '토론하다'라고 풀고 있다. 어는 곧 상대방과의 의사소통이다. 언은 곧 상대방과의 소통 이전에 홀로 뇌까린 일방통행적인 의사표현이다. 말에는 이른바 칠정七情이 들어 있는 인간 감정의 발로發露이자 사람의 됨됨이를 거니챌 수 있는 요긴한 통로이다. 인간의 언어가 절제되지 않으면 사단을 불러일으킨다. 옛말에 "혀 밑에 도끼가 들어 있다."라고 하였다.

당나라 말기 풍도馮道, 882~954는 「설시舌詩」라는 글에서 다음과 같이 읊고 있다.

口是禍之門^{구시화지문} 입은 재앙을 불러들이는 문이요

舌是斬身刀^{설시참신도} 혀는 몸을 자르는 칼이로다.

閉口深藏舌^{폐구심장설} 입을 다물고 혀를 깊이 감추면

安身處處牢^{안신처처뢰} 가는 곳마다 몸이 편안하리라.

조선 시대 중기 윤휴^{尹鑴, 1617~1680}는 『백호집^{白湖集}』권 23 「언설^{言說}」에서 네 가지의 말은 하지 말아야 한다고 하였다. "옛날의 법도는 말을 간략히 하는 것을 귀하게 여겼다. 말은 마땅히 속뜻을 펴는 것에 있는데 어찌 간략히 할 수 있는가! 할 수 있는 말을 하고 할 수 없는 말은 하지 않으면 된다. 자신을 추켜세우는 말은 하지 말며, 남을 비방하는 말은 하지 말고, 사실이 아닌 말은 하지 말며, 법도에 맞지 않는 말은 하지 않는 것이다. 말을 함에 있어 이 네 가지를 경계로 삼으면 간략히 하지 않으려 해도 간략해질 수 있다. 군자의 말은 부득이한 경우에 하고 또한 옛사람들이 말이 적음은 부득이한 경우에 하였던 것이다. 말수는 적어야 한다. 내가 이를 암송한 지 오래되었으나 늘 부끄러움을 느낀다. 이에 글로 써서 내 마음에 새기려 한다."

『장자』「천도^{天道}」편에 "도를 배울 때 세상에서 귀중히 여기는 것은 글이다. 글이란 말에 지나지 않는 것이니 말이 귀중한 것이 된다. 말이 귀중한 것은 뜻이 있기 때문인데, 뜻이란 추구하는 것이 있는 것이다. 뜻이 추구하는 것은 말로는 전할 수가

없다. 그런데도 세상에서는 그 때문에 말을 귀중히 여기며 글을 전한다. 세상에서는 비록 그것들을 귀중히 여기지만 나에게는 오히려 귀중히 여길 것이 못 된다. 세상에서 귀중히 여기는 것은 귀중한 것이 못되기 때문이다. 눈으로 볼 수 있는 것은 형체와 색깔이다. 귀로 들을 수 있는 것은 사물의 명칭과 소리이다. 슬프다. 세상 사람들은 그 형체와 색깔과 명칭과 소리로 그것들의 진실을 파악할 수 있다고 생각하고 있다. 형체와 색깔과 명칭과 소리로는 절대로 그것들의 진실을 파악할 수 없다. 게다가 '아는 사람은 말하지 않고 말하는 사람은 알지 못하고 있으니^{지자불언 언자부지(知者不言 言者不知)} 어떻게 그것들을 알 수 있겠는가!'

조선 중종 때 주자학자인 박영^{朴英, 1471~1540}의 『송당집^{松堂集}』 권 1 「구계^{口戒}」에 보이는 대목은 "입이란 화와 복이 드나드는 문이다. 삼가지 않을 수 없다. 다른 이와 모여 이야기할 때에는 다만 산과 뫼, 풍경, 꽃과 풀이나 시 그리고 문장, 옛날 어진 이의 자취를 말하여 경계하고 모범으로 삼아 말할 뿐이다. 나라의 정치나 임금의 교지에 관하여 말을 하게 되면 사람들은 이를 헐뜯고 기리는 말을 하게 된다. 삼가 입 밖으로 나오게 하지 마라."

"말이 많으면 궁지에 몰리기 십상이니 마음속에 품고 있음만 못하다^{다언삭궁 불여수중(多言數窮 不如守中)}."라는 노자^{老子}의 말이 새삼 떠오른다. 진정 도를 아는 이는 말을 하지 않고 아낀다. 경전^{經典}을 읽고 알음알이가 많은 이들이 이 말을 새기는지 모르겠다. 새 오줌 같은 지식으로 곡학아세曲學阿世하는 이들이 말싸움에 휘말려 들고 있다. 혀는 자신을 베는 도끼이다. 말을 성질대로 내뱉지 말고 가슴속으로 갈무리할 줄 아는 지혜가 필요하다.

봉호옹유蓬戶甕牖

공자의 제자 중에 원헌原憲이라는 이가 있었다. 원헌이라는 이는 송나라 사람으로 자는 자사子思이며 나이는 공자보다 36살 적었다. 마음이 맑고 깨끗하였으며 절개를 지켰으며 가난했지만 도를 즐겼다. 공자가 노나라의 대사구로 있을 때 공자의 수하로 있었는데 공자께서 돌아가시자 그는 벼슬에서 물러나 위나라에 숨어 살았다. 이는 3세기 때 왕숙王肅이 쓴 『공자가어』「칠십이제자해七十二弟子解」에 보이는 기록이다. 원헌에 관하여 몇몇 적바림이 있는데 사마천의 『사기』 권 67 「중니제자열전」에도 보인다. 사기 원문의 문장이 그리 길지 않아 사마천이 내용을 간략하게 그리고 있다. 보다 더 구체적이고 사실적인 기록은 『장자莊子』의 「양왕讓王」편에 보인다.

어느 날 원헌이 자공子貢을 만나는 대목을 아주 드라마틱하게 그린 장면이 『장자』에 나온다.

그의 집은 사방 여덟 자 한 칸의 작은 집이었다. 초가지붕에는 풀이 자라고 사립문은 부서져 있고, 뽕나무 줄기로 문지도리를 삼고, 깨진 항아리를 박아 창을 낸 두 개의 방은 칡으로 창을 가리고 있었다. 위에서는 비가 새고 아래 바닥은 축축했는데, 원헌은 똑바로 앉아서 금을 뜯으며 노래하고 있었다.

때마침 자공은 큰 말이 끄는 수레를 탔는데, 수레 안쪽은 보랏빛 천으로 장식하고 겉포장은 흰 천으로 만든 것이었다. 이 큰 수레가 그의 집골목 안으로 들어갈 수가 없어서 그는 걸어가서 원헌을 만났다. 원헌은 가죽나무 껍질로 만든 관을 쓰고 뒤축도 없는 신을 신은 채 지팡이를 짚고 문에 나와 그를 맞았다.

자공이 말했다. "선생께서는 어찌 이렇게 고생을 하시며 사십니까?"

원헌이 응하여 대답했다. "내가 듣건대 재물이 없는 것은 가난하다고 말하고, 배우고도 행하지 못하는 것을 사람의 근심이라 했습니다. 지금 나는 가난한 것이지 근심하는 바가 없습니다."

이에 자공은 우물쭈물 뒷걸음질치면서 부끄러운 얼굴빛을 하였다.

원헌이 웃으며 말했다. "세상의 평판을 바라면서 행동하고, 자기와 친하게 어울리는 사람만을 벗하고, 학문은 남에게 내세우기 위해서 하고, 가르침은 자기의 이익을 위해서 하고, 인의를 내세워 간악한 짓을 하고, 수레와 말을 장식하는 일들은 나로서는 하지 못할 일입니다."

자공은 이 말을 듣고 씩씩거리며 떠났고 평생 자기가 실언한 것을 부끄럽게 여겼다고 「중니제자열전」에서 전해진다. 쑥대로 문을 만들어 출입하고 깨진 항아리 조각으로 바라지창을 내면서 곤궁하게 살았다는 원헌이다. '봉호옹유蓬戶甕牖', 이 말은 아주 찢어지게 가난하게 사는 이를 이르는 고사성어가 되었다.

원헌이 말한 "자기와 친하게 어울리는 사람만을 벗하고, 학문은 남에게 내세우기 위해서 하고, 가르침은 자기의 이익을 위해서 하고, 인의를 내세워 간악한 짓을 하"라는 대목은 시사하는 바가 크다. 도덕과 인의를 내세우는 모 단체의 사태가 이를 잘 반영해 주고 있다. 일신의 영달과 잘난 척하기 위해 학문을 하고, 패거리를 짓고, 인의仁義를 내세워 시정잡배와 같은 짓을 하는 게 씁쓸하다. 장자莊子의 표현을 빌려 말하자면 시와 예도를 배운 이가 남의 무덤을 파헤쳐 물건을 훔치는 시례발총詩禮發冢을 하고 있다. 좀도둑질을 하고 있다는 말이다.

수많은 이들이 경전經典을 읽는다. 자신의 수양을 위해 하는 게 학문이다. 이게 위기지학爲己之學이다. 남에게 보이는 것은 학문이 아니다. 위인지학爲人之學이 되어서는 안 된다. 학문을 출세의 수단, 밥벌이의 수단으로 삼으면 학문은 이룰 수 없는 것이다. 작금의 동양 고전 강의의 형국을 보면 '개그 쇼Gag show'를 방불케 한다. 경전을 제대로 읽었으면 한다. 옛날의 선유先儒들은 봉호옹유蓬戶甕牖를 하며 도를 즐겼다. 누가 시례발총詩禮發冢을 하라고 했던가!

우울증愛鬱症에 관하여

하늘과 땅의 큰 덕을 지니고 태어난 우리네들이다. 인간의 삶을 그대로 그려낸 『주역』「계사전 하繫辭傳 下」편에 "천지지대 덕왈생天地之大德曰生"이라고 하였다. 가없이 넓은 이 푸른 하늘 아래 사람이야말로 음양陰陽의 기운을 제대로 받아 소우주라고 말해진다.

산모롱이 구불구불 아득히 멀어져가는 나그네의 모습처럼 우리 삶은 외롭고도 쓸쓸한 잔영殘影을 남기며 떠나가는 것일까? 아니면 산자락을 드리우다 부서지고 사라져가는 안개와 같은 존재일까? 삶은 무엇일까? 그 자락을 부여잡으려면 더 멀리 사라지고 허망한 여운을 남기는 게 아닌지 모른다. 놓으려면 한없이 사람 속을 헤집고 파고드는 집착! 무엇이 집착을 낳는가? 어디에도 머무르지 않고 버리려는 마음이 우리를 진정한 '자유'로 이끄는데…….

티끌의 덫에 걸린 우리는 아직도 자신이 쳐놓은 덫에서 허우적거리다 삶을 종결한다. 참으로 어이없고 번뇌이다. 가없는 하늘을 날고 싶은 게 우리의 진정한 모습인지도 모른다. 그러나 우리는 늘 삿된 욕심에 자신을 옭아매어 끝없는 번뇌와 망상에 걸려 비틀거리며 넘어지기 일쑤이다. '나'를 버리는 게 진정 어려운가? 인간은 덕德을 쌓는 존재여서 타고난 본성을 절차탁마切

磋琢磨하는 이다. 하늘로부터 부여받은 본성本性을 인지하고 이를 갈고닦는 이 너른 우주에 단 하나의 유일한 존재being이다. 덕의 본체는 무엇인가? 하늘로부터 부여받은 성性에다 스스로 수양과 배움을 통하여 쌓아야 하는 사람됨을 이루려는 후천적인 노력이다. 동양학에서 인간은 하늘과 동일한 의미를 지닌 하나의 주체이다. 하늘로부터 성이라는 고귀한 선물을 받은 이가 인간이다. 인간을 긍정하여 애당초 본성이라는 귀중한 선물을 하늘이 내려주었다는 말이다. 서양의 종교는 절대자인 신을 전지전능全知全能한 존재로 풀어낸다. 곧 기독교는 인간이 선악과善惡果를 따먹은 원죄原罪를 지어 인간은 본래 악하다는 부정否定에서 출발한다. 하지만 동양학, 특히 유교儒敎에서는 인간을 '착한 성품을 지닌 이'로 풀어내고 있다. 그게 바로 성선설性善說의 알짬이 되는 대목이다. 하늘과 인간을 하나의 주체로 보았던 것이다. 곧 천인합일天人合一이 되는 것이다.

『중용』에서 인仁을 인야人也라고 한다. 곧 '사람다워야 한다'는 말이다. 요즘처럼 소통을 부르짖는 시대에 소통은 곧 사람과의 관계에서 '어짊'을 말하는 덕목이다. 하지만 어짊은 끝 간 데 없고 나만 홀로 잘 났다고 떠드는 시대는 없었다고 본다. 사람답게 살지 못하니 결국 어짊은 곧 남의 일이 되고 자신의 일은 아니라는 결론이 도출된다.

더욱더 시끄러워지고 험난한 이 누리에 '인간다운 이'의 실체는 무엇인가? 서산대사西山大師는 다음과 같이 읊고 있다.

生也一片浮雲起 생야일편부운기
삶이란 한 조각구름이 이는 것이요,

死也一片浮雲滅 사야일편부운멸
죽음이란 한 조각구름이 사라지는 것일세.

生從何處來 생종하처래
삶은 어디에서 오는 것이며,

死向何處去 사향하처거
죽음은 어디로 가는 것인가?

지극히도 뜨거웠던 삶도 곧 한 줄기 연기가 되니 애잡짤하다가슴이 미어지게 안타깝다. 수년 전 무슨 열병이라도 앓는 듯 한동안 자살이 유행처럼 번진 적이 있었다. 푸른 하늘의 기운을 타고난 인간을 말하여 창생蒼生이라고 하니 우리는 하늘의 정기를 받은 것임이 틀림없다. 하늘과 땅의 무르익은 기운을 한껏 받고 태어난 우리네의 생명은 곧 하늘과 동격同格이다. 이러한 고귀한 생명을 함부로 버리는 것은 참으로 안타깝다. 인간은 극도의 불안과 고민과 공포에 싸이게 되면 삶을 포기하려는 속성을 지녔다. 늘 이게 가슴을 짓누르게 되는 것이다. 곧 삶을 버리려는 극한의 사고에까지 이르게 만든다. 극한의 상황에서 인간은 좌절하고 무너지고 꺾이기 쉬운 속성을 지녔다. 꺼지지^{의지가 굳다} 못한 게 인간이다. 무모하게도 이글거리는 불속으로 몸을 던지는 부나비와 같은 모습을 보인다.

약 2,600여 년 전에 관중^{管仲}이 지은 『관자^{管子}』「내업^{內業}」편에 우울증에 관한 최초의 적바림이 보인다. "우울증은 병을 낳는데, 이게 도지면 곧 죽음에 이른다^{우울생질 질곤내사(憂鬱生疾 疾困乃死)}."라는 대목이다. 이 누리에서 시달림을 받거나 극한의 상황에 이르면 자신을 냉철히 돌아보며 이 누리와 잠시 자신을 격리시켜 독존^{獨存}을 해보는 것도 좋을 것이다. 절해고도^{絶海孤島}나 아무도 없는 곳에 머물며 절대 고독을 경험하라는 말이다. 인간은 고립무원^{孤立無援}의 경지에 들면 살려고 하는 절대 내공이 쌓인다. 이에 집착과 기필코 무엇을 하겠다는 의지와 지난날 마음에 쌓였던 미움과 증오와 나만 최고라는 독선과 아집에서 벗어난다는 말이다. 『논어』「자한^{子罕}」편에 이를 "무의 무필 무고 무아^{毋意 毋必 毋固 毋我}"라고 짚고 있다. 이른바 공자께서 말씀하신 절사^{絶四}이다. 이게 말하자면 '홀로서기'를 해보자는 것이다. 자신을 냉정하고도 치밀하게 돌이켜보자는 뜻이다.

석유에 관한 단상

석유에 관하여 추적을 하다 보니 상당히 먼 걸음을 한 듯하다. 고전을 섭렵하다 보니 석유에 관한 아주 단편적인 꼭지가 보인다. 옛날에 석유는 석액^{石液}, 곧 '돌에서 나오는 진액'이라고 하였다. 석유에 관한 가장 오래된 적바림이 『주역』의 「택화혁괘^{澤火革卦}」에 있는데 "못 가운데 불이 있다."라고 하는 것이다. 『주역』 49괘의 이른바 '택중유화^{澤中有火}'라는 것이 이것이다. 괘를 보면 위는 못이고 아래는 불이다.

물과 불은 상극인데 서로 어울려 있다. 곧 혁명이 일어날 조짐을 보이고 있음이다. 기름이 타서 불을 이룬 형국이니 서로를 믿지 못하는 것이다. 물과 기름은 서로 응집^{凝集}되질 않는다. 그렇다면 고대 사람들은 자연적이건 인위적이건 간에 물 위에서 불이 타는 것을 보고 어떤 물질이 있음을 안 것인데, 그게 바로 기름이 아니었을까 생각해 본다. 이같이 석유는 이미 『주역』이 쓰이기 이전에 있었던 것이다. 여하튼 석유란 땅 밑에서 흘러나와 넘치면서 어떤 발화^{發火} 요인에 의하여 물 위에서 타는 것이다. 이게 중국 주나라 때에 쓰인 『주역』에 보이는 대목이다.

반고가 쓴 『한서』 권 28 「지리지」에 보면 "고노^{高奴}, 곧 섬서성 연안 일대의 유수에는 불에 타는 물건이 있다^{고노 유유수 가연(高奴 有洧水 可㸐)}."라고 하였다. 연^㸐은 '불에 타다^{然(연)}'의 고자^{古字}이다. 유수는 하남성 일원에서 발원하는 강 이름이다. 아래 대목은 심괄沈括, 1031~1095의 『몽계필담夢溪筆談』권 24 「잡지雜誌」1에 보이는 대목이다. 필자는 전문全文을 풀이하여 보았다.

연경 내에 석유가 있는데 옛날에 사람들이 말하기를 "고노현에서는 물기름이 난다"고 하였다. 곧 이게 석유이다. 물 가장자리에서 나며 모래와 자갈, 샘물이 서로 섞여 있으며 끊임없이 솟아난다. 이곳 사람들은 꿩의 꼬리 깃털로 적셔 항아리에 넣어 썼다.

자못 짙은 색을 내는 옻칠과 같으며 삼과 같이 타며 연기가 아주 진해서 휘장과 천막에 스며들어 아주 검게 된다. 나는 이 그을음이 쓸 만한가 의구심이 일어 시험 삼아 그을음을 없애보니 검은 먹색이 되더라. 검기가 옻칠과 같으며 소나무를 태운 먹은 이에 비할 바가 아니다. 드디어 이를 대모하게 여기어 이를 글로써 알리자면 '연천의 석액石液'이 바로 이것이라는 것이다. 석유는 나중에 반드시 세상에 널리 쓰이게 될 것이어서 나 자신이 비로소 이를 적는다.

아마도 석유는 땅속에서 매우 많이 나오는 것이어서 끊임이 없을 것이나, 소나무가 그 쓰임이 다한 때에 고갈되는 것과는 다르다. 지금 제나라와 노나라(중국 산동성 일대)에 있는 솔수펑이 없어진다면 점차 태행, 경서, 강남 그리고 송산의 절반의 산들이 민둥산이 될 것이다. 그을음 만들어 먹을 만드는 사람들은 아마도 석유가 타서 내는 이로움을 알 것이다. 석탄이 내는 연기는 많아 사람의 옷을 검게 한다. 나는 농 삼아 「연주시」를 짓는다.

「연주시延州詩」

二郎山下雪紛紛^{이랑산하설분분}
이랑산 아래로 흰 눈이 흩날릴 때,
旋卓穹廬學塞人^{선탁궁려학새인}
북쪽 흉노의 군 깃발 휘날리는 유목민의 삶을 본다.
化盡素衣冬未老^{화진소의동미로}
흰 옷이 모두 검게 되어도 겨울은 아직 오지 않은 듯,
石煙多似洛陽塵^{석연다사낙양진}
낙양의 저잣거리에 흩날리는 티끌은 석유 타는 그을음과 아주 흡사하네.

심괄은 이미 1천 년 전에 석유가 나중에 세상에 널리 쓰일 것을 예견하고 있고 그 예상은 적중했다. 「연주시」의 마지막 대목에서 이미 낙양성에서는 석유를 연료로 쓰고 있음이 눈에 확연히 들어온다. 이미 낙양성 저잣거리에는 석유가 연소되어 나오는 그을음이 티끌처럼 흩날리고 있음을 본다. 심괄은 이미 연료로 쓰이고 있던 소나무를 다 써 없애면 제나라와 노나라 근방의 산이 모두 민둥산이 될 것이라고 한다. "흰 옷이 모두 검게 되어

겨울은 아직 오지 않은 듯"이라는 대목에서는 눈이 와도 눈은 보이질 않고 석유가 타서 내는 그을음으로 사방이 검게 덮여 있음을 그려내고 있는 듯하다. 흰 옷이 모두 검게 되어도 검게 변한 옷을 덮어줄 만큼의 눈이 오지 않았다. 이는 사람들의 옷이 희게 될 겨를이 없을 정도로 그을음이 매우 심했음을 보여주는 단서가 아닐까. 또한, 심괄은 석유가 끊임없이 나올 것이라고 한다. 하지만 21세기인 현재 석유도 고갈되어 가고 있기 때문에 이 예측은 빗나가고 있음을 볼 수 있다.

21세기에 들어 자원 전쟁이 매우 심각하다. 점점 고갈되어가는 자원인 석유에 대한 전쟁이 가속화되고 있는데 주요 강대국들은 막강한 자본력으로 해외의 유전을 사들이고 있는 실정이다. 최근 아랍과 북아프리카의 내전에 개입하여 승전의 대가로 유리한 자원 확보를 진행하고 있다. 석유 자원은 점점 메말라가고, 그 여파로 기름값은 하늘 높은 줄 모르고 치솟고 있다. 더욱이 아랍과 북아프리카 등지의 내전 격화로 석유가 무기화되어 가고 있다. 무엇보다 자원이 고갈되어 가고 있다는 게 걱정이다. 인류 문명과 산업 발전에 크게 이바지한 석유 자원이 무진장無盡藏의 보고寶庫가 아닌 게 마음을 씁쓸하게 한다.

장부심丈夫心을 지닌 벼루

필자는 붓을 들어 붓질할 때 쓰는 서진書鎭, 또는 문진을 지니고 있는데 십장생이 돋을새김으로 되어 있다. 서진의 빛깔은 아주 그윽한 자색紫色이다. 팥죽 색깔과 같이 은은하고도 짙은 질감으로 눈이 호사한다. 약 18년 전에 선물 받은 자색 벼루와 한 질로 되어 있는데 늘 아끼며 쓰고 있다. 서진이란 책장이나 종이쪽이 바람에 날리지 않도록 누르는 물건, 곧 문진文鎭이라고도 한다.

소소리바람회오리바람 이는 늦가을 밤이나 겨울밤에 화선지 위를 누르는 품이 자못 경중 뜨지 않아 미쁘다. 들떠 있는 마음을 지그시 눌러주고 삭풍이 문 사래에 걸려 넘어져 문 틈새로 허겁지겁 들어오는 기운을 장늘 잡아주니 그 너름새야말로 짜장정말 으뜸이다.

걸싸게 놀리는 붓질에도 덩그마니 장중한 틀거지를 지키고 있으니 아흐, 장부심丈夫心이고녀! 늘 떠나되 머무르고 늘 머무르되 떠나는 게 삶이 아니던가. 진중한 서진의 품새는 이곳에 휘둘리지 않는 장부심이 아니던가! 어느 가을 무서리 내리던 날 어린 외손자는 외조부를 그리며 붓질을 하였다. 글씨와 한학漢學에 조예가 깊으셨던 외조부에 대한 애틋한 그리움이었으리라! 그때가 중학교 1학년 무렵이었으니 필자가 『천자문』을 보며 임서臨

書를 하던 때였다. 임서라기보다는 개칠改漆을 하였던 모양이다. 보리곱살미를 먹던 고향의 서산으로 해가 너울너울 넘어가는 때였지. 겨울밤 건너편 산마루를 타고 흘러내리는 부엉이 울음소리가 어린 가슴에 물너울처럼 파고들었던 것이다. 시방 생각해도 달빛 괴괴한 우금을 타고 흘러내리는 부엉이 소리는 수수깡과 잡살뱅이 나뭇가지로 엮은 외얽이에 스며드는 그 무엇이 었나 보네. 문 사래에 걸린 서낙한무성하다 달빛에 격자무늬 창살의 그림자가 방안에 그득히 쏟아지고 있었지. 상기도 붓질을 하지만 붓끝이 여전히 버럭버럭 뼛성을 부리며 언죽번죽뻔뻔스러운마뜩잖은 얼굴이다. 시방도 시르죽은 몰골의 글씨를 괴발개발 그려대니 이런 낭패가 있단 말인가!

집안에 벼루 두 점이 고요히 자리하고 있다. 하나는 검은 빛깔의 벼루이고 다른 하나는 붉은 빛깔의 자석紫石 벼루인데, 그중 자석 벼루는 문양이 미르용(龍)로 돋을새김이 되어 있다. 필자는 문방사우文房四友 가운데 벼루를 으뜸으로 여긴다. 덩그마니 작은 옷장 위에 걸쳐있는 것만 보아도 장중한 기운을 느끼게 한다.

송나라 때 당경唐庚, 1071~1121은 『고문진보古文眞寶』 후집後集 권 10의 「가장고연명家藏古硯銘」에서 벼루와 붓 그리고 먹에 대하여 각각의 장단점을 그려내고 있다. 붓은 움직임이 제일 많으며 끝이 뾰족하여 날로 헤아려 수명이 제일 짧고, 먹은 움직임이 그다음이며 그 수명은 달로 헤아린다고 하였다. 벼루는 움직이지 아니하고 고요하며 그 수명은 여러 세대를 지나며 노둔한 느낌을 준다고 한다.

필자가 지닌 붓은 큰 붓, 작은 붓, 아주 가는 붓을 비롯하여 한 10여 자루는 된다. 대부분 뾰족하던 것이 이제는 뭉툭한 몸체를 보여주고 있다. 먹은 지난 십수 년간 몇 개를 썼는지 모르며, 지금도 먹이 거의 다 닳아 조만간 사야 한다.

벼루 두 점은 모두 남에게서 선물 받은 것이다. 육중한 몸체에서 나오는 중후함과 이리저리 움직이지 않는 정중동靜中動의 틀거지위엄를 갖춘 점이 부럽고도 시샘이 난다. 아니 시샘보다는 고임총애(寵愛)을 더하고자 하는 마음이 인다. 벼루 하나의 뚜껑에는 미르 무늬가 돋을새김되어 있고, 다른 하나의 벼루에는 십장생十長生을 치레하여 그 무늬가 매우 아름다우니 문방사우 가운데 제일 미인인 셈이다. 둔함을 몸으로 삼고 고요함을 쓰임새로 삼으니 붓과 먹 그리고 화선지보다는 그 격조가 더욱 높아 보인다. 붓과 먹이 와서 그 깊지 않은 연못에 물결을 일으키고 휘저어대도 그 몸체를 고요히 하니 벼루는 가히 그 둔중함이 산과 같다고 할 것이다. 붓의 현란한 몸짓과 먹이 내는 생채기를 고스란히 담아내어도 계정불평을 품고 떠드는 말과 삿된 행동을 보이지 않는다. 세파에 흔들리고 찌들어도 움직이지 않고 여러 세대를 거치면서 노둔함으로 그 몸체와 마음을 오롯이 하는 덕을 지녔다.

「가장고연명家藏古硯銘」에서 벼루는 그 수명이 오래감을 이렇게 적고 있다.

不能銳불능예
예리하지 못하여
因以鈍爲體인이둔위체
무딘 것을 몸통으로 삼고,
不能動불능동
움직일 수 없는지라
因以靜爲用인이정위용
고요함을 쓰임으로 삼는다.
惟其然유기연
다만 그렇게 함으로써
是以能永年시이능영년
수명을 길게 할 수 있다.

벼루와 서진은 이같이 장중함과 노둔함이 있으니 바라만 보아도 그 틀거지를 알 수 있다. 무디고 고요하며 날래고 약삭빠르지 않으니 수명을 오랫동안 지니는 양생養生의 법도 익힐 수 있지 않은가. 한마디로 벼루는 인자요산仁者樂山으로 풀이될 수 있다. 어진 이의 마음을 지녔고 뫼와 같은 부동본不動本이 서려 있다고 볼 수도 있을 것이다. 장중함과 중후함에서 장부심도 읽어낼 수 있다.

도올檮杌에 관하여

저잣거리에 도올檮杌이라는 말이 있다. 흔히 저잣거리의 말로는 돌머리로 자신을 폄하하여 한 동양학자가 자신의 호로 삼은 것이라고 하는데, 우스갯소리로 자신을 '돌' 또는 '돌머리'라고 한 것인지는 알 수 없다. 어쨌든 이는 잘못된 것이다. 필자는 이에 도올에 관하여 동양 고전 원문을 모조리 찾아 풀어본다. 아울러 필자는 도올이라는 동양학자를 깎아내리거나 치켜세울 마음이 조금도 없음을 밝히며 '도올'이라는 말의 출전과 뜻을 새기고자 할 뿐이다.

『맹자』「이루 하離婁 下」편에 "진지승 초지도올 노지춘추晉之乘 楚之檮杌 魯之春秋"라고 하였다. 이는 "진나라의 국사國史는 승이라 하고 초나라의 국사는 도올이고 노나라의 역사는 춘추이다."라는 말이다. 도올은 바로 초나라의 역사를 기록한 역사책을 의미한다. 두예杜預, 222~285가 쓴 「춘추좌씨전서春秋左氏傳序」에서도 맹자의 이 말이 적혀 있다. 맹자가 말하기를 "초나라의 역사서를 도올이라 하고 진나라의 역사서를 승이라 하고 노나라의 역사서를 춘추라고 하니 모두 다 같은 것이다."

『춘추좌씨전春秋左氏傳』「문공文公」18년기원전 609년에 보면 "전욱 씨에게 좋지 못한 아들이 있어 사람 되게 가르칠 수가 없었고 좋은 말을 분별할 줄 몰라 좋은 말을 해 주어도 고집스러워 받아들이지 아니하고, 제멋대로 하게 놓아두면 와자지껄 떠들어 불경스런 말을 지껄이며, 큰 덕을 지닌 이에게 오만하게 굴며, 하늘의 도를 어지럽히니 세상 사람들은 그를 도올이라 불렀다^{顓頊} 有不才子 不可教訓 不知詰言 告之則頑 捨之則嚚 傲狠明德 以亂天常 天下之民 謂之檮杌전욱유부재자 불가교훈 부지굴언 고지즉완 사지즉효 오혼명덕 이란천상 천하지민 위지도올."라고 나와 있다.

당나라 사람 장수절^{張守節, ?~?}은 『사기정의^{史記正義}』에서 『신이경^{神異經}』을 인용하여 "서녘의 황량한 곳에 짐승이 있는데 그 모습은 호랑이와 같이 크고 털은 길이가 두 자이며 사람의 얼굴에 범의 발, 돼지의 주둥이에 커다란 송곳니를 가졌으며, 꼬리의 길이는 1장 8자이다. 서녘의 황량한 곳을 휘저어 어지럽히며 도올이라 이름 부르며 또 한편으로는 오혼, 또 다른 한편으로는 난훈이라고 한다^{西方荒中有獸焉 其狀如虎而大 毛長二尺 人面 虎足 豬口牙 尾長一丈八尺 攪亂荒中 名檮杌 一名傲很 一名難訓}서방황중유수언 기상여호이대 모장이척 인면 호족 저구아 미장일장팔척 교란황중 명도올 일명오혼 일명난훈."라고 말했다.

『사기정의』에서 보이는 도올은 흉측한 짐승으로 그려지고 있다. 겉모습은 호랑이와 같고 털이 두 자라고 한다. 한 자이면 고대 중국에서 약 23cm로 친다. 털 길이가 무려 46cm나 되고, 꼬리의 길이는 1장 8척이니 4m 14cm나 되는 엄청나게 무시무시하고 거대한 몸집을 지닌 셈이다. 어느 서책^{書冊}에서는 1장을 3.3m로 셈을 한다. 하지만 필자는 사마천이 쓴 『사기』「공자세가」의 기준에 따라 한 자를 약 23cm로 본다. 물론 도올은 상상의 동물이다. 사람의 얼굴에 범의 발과 돼지의 주둥이를 지녔으며 커다란 송곳니를 지녔다고 한다. 큰 덕을 지닌 이에게 오만하게 굴어 오흔, 사람 되게 가르칠 수 없어서 난훈이라 한다고 하였으니 도올은 별 볼 일 없는 흉악무도하고 무지렁이 같은 것이라 할 수 있다. 고대 동양학 원전에서 도올은 흉악한 짐승이며 하늘의 도를 어지럽히고 고집불통에다 제멋대로 행동하는 인간형으로 나온다. 『맹자』에서는 국사책이라고 적고 있는 반면 『춘추좌씨전』에서는 도올을 오만하고 불경스런 인물로 그리고 있다.

도올이란 흉악무도하고 불경스런 이는 짐승으로 불리거나 사람으로 그려지고 있다. 이를 『맹자』「이루 상」의 자포자기自暴自棄로 풀면 이렇다. 『춘추좌씨전』의 "전욱 씨에게 좋지 못한 아들이 있어 사람 되게 가르칠 수가 없었고 좋은 말을 분별할 줄 몰라 좋은 말을 해 주어도 고집스러워 받아들이지 아니하고, 제멋대로 하게 놓아두면 와자지껄 떠들어 불경스런 말을 지껄이며"라는 대목은 도올이 자포自暴했음을 얘기하는 것이다. "예의를 비난하는 말을 하는 것을 일러 자포라 한다언비예의 위지자포야(言非禮義 謂之自暴也)." 곧 자신을 막되게 굴려 자신을 망치는 것임을 이르집는 말이다. 다음 구절인 "큰 덕을 지닌 이에게 오만하게 굴며, 하늘의 도를 어지럽히니 세상 사람들은 그를 도올이라 불렀다."라는 대목은 "내 몸이 인에 머물지 못하고 의를 좇지 못하는 것을 일러 자기自棄라 한다오신불능거인유의 위지자기야(吾身不能居仁由義 謂之自棄也)." 이 구절은 곧 어짊과 의義를 좇지 못함을 그려내고 있다. 다른 이에 대하여 생각지 아니하고 자신을 버리는 것이 된다.

예의를 비난하여 마구 지껄이고 남의 말을 귀담아듣지 않고 제멋대로 행동을 하니 이는 자포의 지경에 이른 것이고, 큰 덕을 지닌 이에게 오만하게 굴고 하늘의 도를 어지럽힌다는 것은 곧 자기의 지경이 이른 것이다. 예의를 비난하고 어짊과 의를 좇지 않음을 일러 동양학에서는 자포자기로 풀어냈다. 작금의 이 누리가 점점 자포자기하는 쪽으로 변해가고 있다. 『맹자』「이루하」에 어진 마음을 해지는 것을 적賊이라 하니 서로 적이 되어가고 척을 짓지 말아야 할 것이다.

시시비비是是非非

옳고 그름은 우리 눈에 보이고 귀에 들리는 바에 따라 좌우되는 것인가? 눈에 보이는 게 모두 진실이 아니다. 또한 귀에 들리는 것 모두 진실이라 여기기도 어렵다. 사물을 볼 때 이를 바라보는 이의 마음 상태에 따라 사물은 비뚜름하게 보이기도 한다. 옳음과 그름을 가리는 것은 결국 인간의 마음에 따라 수시로 변하기 마련이다.

是是非非非是是 ^{시시비비비시시}

옳은 것을 옳다 하고 그른 것을 그르다 함 이것이 옳음이 아니고,

是非非是非非是 ^{시비비시비비시}

그른 것을 옳다 하고 옳은 것을 그르다 함은 옳지 않음이 아닐세.

是非非是是非非 ^{시비비시시비비}

그른 것 옳다 하고 옳은 것 그르다 함은 이는 그름이 아니고,

是是非非是非非 ^{시시비비시비비}

옳은 것 옳다 하고 그른 것 그르다 함이 이게 시비로구나.

　　이는 김시습의 시이다. 홍만종의 『소화시평』에 보인다. 첫 구절은 옳고 그름을 가리는 절대적인 판단 기준이 없다는 말이다. 이는 옳은 것이 옳고 그른 것이 그를 수도 없다는 말이다. 두 번째 구절은 옳고 그름을 가리는 기준이 상대적일 수 있다는 게 된다. 곧 그른 것이 옳을 수도 있으며 옳은 것이 그를 수도 있다는 말이 된다. 세 번째 구절 또한 상대적인 옳고 그름을 말한 것이다. 마지막 구절에서 이미 시인은 옳고 그름이 결국은 사물을 보는 인간의 안목과 마음 상태에 달려있음을 간파하고 있다. 이 시는 세상이 옳고 그름을 가리는 데 골몰하지만 시인의 눈에는 모두 부질없는 인간 군상들의 허방다리를 짚는 것으로 비치는 것을 이르집는다.

　　옳고 그름을 노래한 또 한 편의 시를 감상해 보자. 조선 중기 허후^{許厚, 1588~1661}가 쓴 「시비음^{是非吟}」이라는 작품이다.

是非眞是是還非 ^{시비진시시환비}

참으로 옳은 것을 가지고 옳고 그름을 따지면 옳음도 그름 되니,

不必隨波强是非 ^{불필수파강시비}

추세 따라 억지로 시비할 것 아니네.

却忘是非高着眼 ^{각망시비고착안}

문득 시비 잊고 눈을 높이 두어야,

方能是是又非非 ^{방능시시우비비}

옳은 것 옳고 그른 것 그르다 할 수 있네.

작자는 이 시에서 상황이 돌아가는 추세에 따라 움직여야 함을 말한다. 세 번째 구절에서 작자는 "시비를 잊고 눈을 높이 두어야"라고 한다. 이는 인간의 칠정七情을 다스리라는 말로 들린다. 기쁨, 성냄, 슬픔, 두려움, 사랑, 미워함, 욕심을 버리라는 말로 들리기까지 한다. 진짜 옳은 것을 가지고도 사람들은 흑백논리에 빠져 골똘히 생각하는 통에 그른 것으로 착각하는 생각을 꼬집고 있음이다.

사람이 사물을 보는 시각은 좁다. 또한 이를 마음속에서 용해하는 시간은 불과 눈 깜짝할 사이에 이루어진다. 그야말로 찰나의 순간이다. 이 찰나에 그가 보고 느끼고 생각하는 게 전광석화와 같이 빠르다. 사물에 접촉하여 받아들이는 순간 모든 게 결정된다. 꽃, 돌부리, 나무, 새, 하늘, 못, 산, 기기묘묘한 화초를 볼 때 인간은 그저 색깔과 자태 등을 보아 아름답다고 여긴다. 이들

사물과 인간의 관계는 대립적인 관계가 아닌 것이다. 거의 수평적인 관계로 보이기도 한다.

그러나 인간관계에서는 다르다. 일단 칠정七情이 발동하면 감성이 개입되어 울고 웃고, 미워하거나 사랑하거나, 성내거나 한다. 이게 시비의 빌미가 된다. 조절이 잘 안 되는 게 사람의 감정이다. 억누를수록 쉽게 불쑥 튕겨 나오기 일쑤다. 럭비공처럼 어디로 튈지 모르는 상황이 되면 걷잡을 수 없게 된다. 이를 조절하는 장치가 사람마다 있기는 하다. 이른바 감정 조절 장치인데, 이게 바로 중용中庸이라는 장치이다. 그러나 늘 이 장치가 잘 작동되질 않는다. 아니 오히려 오작동을 일으켜 제어할 수 없는 지경에 이른다. 그럴 때 인간은 '아뿔싸!' 하고 뒤늦은 한탄의 소리를 내뱉는다. 이미 지나간 일이 된 것이다.

'중용'이란 무엇인가? "중中이란 어디에 치우치지 아니하고 지나치지도 않으며 부족함이 없는 상태중자 불편불의무과무불급지명(中者 不偏不倚無過無不及之名)"며, "용庸이란 늘 올바르고 떳떳한 상태용자 평상야(庸者 平常也)"라고 한다. 주자朱子께서 말씀하신 대목이다. 감정 조절의 사자어금니가 바로 중용이다.

얽히고설킨 사회에서 인간은 결국 사람과 부대끼며 살아가기 마련이다. 너무 옳고 그름을 따지는 것은 조금은 생각해 보아야 할 일이다. 다만 중용을 적절히 지키며 지낼 일이 아닌가. 중용을 마음에 새기며, 『장자』의 「산목山木」편에 보이는 대목인 "세속에 살면 세속을 따르라^{입기속 종기속(入其俗 從其俗)}"는 말을 염두에 두어야 할 것이다. 이 말은 "로마에 가면 로마의 법을 따르라"는 말과 일맥상통한다. 시비를 잠재우지 못하고 늘 버석거리며 메마른 감성의 칼날을 무디게 할 인간 최대의 잠개^{무기}는 '중용^{中庸}'이다. 늘 옳고 그름에 얽매이면 본성을 망각하게 된다. 본성을 망각하면 중용이 설 자리를 잃게 된다. 중용을 잃으면 옳고 그름에 대한 판단력이 흐려지게 된다. 판단력이 흐려지게 되면 편을 들게 된다. 편을 가르는 행위는 결국 서로 간에 척을 지는 결과를 낳게 된다. 척을 지게 되면 옳고 그름에 대한 가치 판단이 무너진다. 시비지심^{是非之心}이 온데간데없이 된다. 끝 간 데 없이 시비곡직^{是非曲直}에 대한 논쟁만 불러일으키게 될 것이다. 인간 본연의 하늘로부터 받은 성^性이 바로 설 수 없게 된다. 본성이 무너지면 사람으로서 설 자리가 없어지게 되는 것이다. 동양학이 붙좇는 바는 바로 인간의 본성을 거니채는 일이다. 옳고 그름에 대한 판단은 인간의 감성이 개입될 경우 공평무사함은 이루어지지 않는다.

구마당사^{求馬唐肆}

세상사는 거의 대부분 버스가 지나간 뒤에 손을 흔드는 경우가 허다하다. 이른바 '뒷북치기'가 늘 우리의 일상에 주위를 맴

도는지도 모른다. 남이 하던 일을 가지고 제 것인 양 아무리 발버둥을 치고 노력을 해도 결국은 남이 하던 일을 그대로 따라 하는 것에 불과하다. 장이 끝난 시장에서 말을 구하는 모양을 빗댄 게 바로 '구마당사求馬唐肆'라는 말이다. 이는 『장자』의 「전자방田子方」에 보이는 대목이다. 1,800여 년 전에 허신許愼이 쓴 『설문해자』에 당唐은 본래 "비어 있어 많은 물건을 받아들이다取虛而多受之意(취허이다수지의)."라는 뜻이고, 사肆는 "물건을 사고파는 곳"이라고 나온다.

공자와 안회가 하루는 대화를 나누는 대목이 있다. 안회가 말하기를,

> "선생님께서 걸으시면 저 또한 걷고, 선생님께서 말씀하시면 저 또한 말을 한다는 것입니다. 선생님께서 빨리 걸으시면 저 또한 빨리 걷고, 선생님께서 말씀을 잘하시면 저 또한 말을 잘합니다. 선생님께서 달리시면 저 또한 달리고, 선생님께서 도를 말씀하시면 저 또한 도를 말합니다."

안회의 말을 듣고 난 공자는 다음과 같이 말한다.

> "너는 내 겉으로 드러난 것만을 행하려 하고 있구나. 그것들은 이미 지나간 것인데, 너는 그것이 지금 현존하는 것으로 착각하고 그것을 구하려고 한다. 이는 마치 장이 끝난 텅 빈 저자에서 말을

구하는 것과 다를 바가 아니냐^{시구마어당사야}<small>(是求馬於唐肆也)</small>! 내가 너에게 가르치는 것은 순간이고 네가 나를 좇는 것은 찰나이다. 그렇지만 너는 걱정할 바가 아니다. 비록 내가 죽어 잊더라도 나는 잊히지 않고 언제나 존재하고 있으니까."

『장자』의 이 대목은 무엇을 말함인가? 말단지엽을 좇지 말라는 말로 들린다. 걷는다는 것, 말을 한다는 것, 빨리 걷는다는 것, 말을 잘 한다는 것 등은 바로 말단지엽이라는 말이다. 이는 사람이 늘 그 본성을 잊고 눈에 보이는 것만 붙좇는다는 말로 들린다.

사람들은 이미 남들이 말한 것과 이루어놓은 것을 좇아 이를 따르려고 하는 마음이 있다. 그렇게 되면 남들이 이루어놓은 것에 마음이 휘둘려 사물의 실제 모습을 잘못 읽어낼 수 있다. 겉으로 드러난 것을 붙들고 지난 것을 가지고 사물을 대하면 자칫 오판^{誤判}에 빠져들 수 있다.

이에 공자는 다시 해와 달의 일정불변함과 사시^{四時}의 운행을 들어 변하지 않는 자연의 조화와 원리를 들어 말을 하고 있다. 바로 해와 달의 운행하는 일정불변의 원리를 말하는 것이다. 이게 사물로 빗대어 말하면 '부동본^{不動本}'이고, 사람으로 말하면 '부동심^{不動心}'이 되는 것이다. 해와 달 그리고 사시의 운행은 천지 자연에 늘 존재하는 부동본의 상징이며, 늘 일정하고 변하지 않는 사람의 마음이 부동심이다. 바깥 사물에 사람의 마음이 흔들리지 않아야 제대로 사람과 사물의 이치를 깨달을 수 있는 것이다.

『설원說苑』권 3 「건본建本」에는 안회가 배움에 대해 "배운다는 것은 기쁨·성냄·슬픔·두려움·사랑·미움·욕심을 버리고 하늘이 인간에게 부여한 성性을 다스려 그 재능을 다하는 것이다學者 所以反情治性盡才者也)."라고 말한 대목이 보인다. 성性이란 무엇인가? 바로 일시적인 현상계의 유행이나 생성, 소멸은 아닌 것이다. 성性은 곧 만물의 생성과 존재를 가능케 하는 창조의 원리이다. 『중용』의 대목을 곱씹어보면 성의 개념이 잡힌다.

공자가 말한 "언제나 존재하고 있다"는 말은 무엇인가? 바로 도道를 말한 대목이다. 도는 바로 천지 만물을 이루어내는 음과 양의 조화이다. "음과 양이 서로 맞물려 만물을 이룬다. 이게 도이다일음일양지위도(一陰一陽之謂道)." 감성이 사욕에 부림을 당하게 되면 도는 지켜지지 않는다. 삿된 욕심에 눈이 먼다면 도는 지켜지지 못한다. 본래 인간의 마음에는 하늘로부터 받은 순진무구한 성性이 자리하고 있는데 도는 바로 이 순진무구한 성性에 따른 일정불변의 법칙이다. 본성이 무너지면 도는 자연 설 자리를 잃게 된다. 요즘 인성人性이 무너지고 있다는 말은 이를 말한 것이다. 도는 바로 천지 자연 및 만물을 이루어내는 원리인 것이다. 도로 인하여 우주 만물에는 성性이란 고갱이가 숨어 있다. 성이란 바로 만물의 본마음이다. 다만 인간만이 이 성을 자각하고 인지하여 감정을 조절할 능력을 지닌 최고의 생명체인 것이다.

'구마당사求馬唐肆'라는 말은 인간의 본성이 삿된 욕심에 이끌려 본성을 잃고 헤매는 것을 빗댄 것이 아닌가! 장이 끝난 후에 말을 사려는 인간의 마음을 읽어낸 대목이다. 본성을 잃고 다시 본성을 되찾으려 하니 찾을 길이 막막해졌다는 의미로 들린다. 그래서 공자는 안회에게 "언제나 존재하고 있다."라는 말로 일 갈하고 있다. 아직은 본성이 남아 있다는 말이다.

송나라의 대학자인 정명도程明道, 1032~1085는 다음과 같이 말한다. "지금의 상황을 보면 인도人道는 모두 없어졌어야 옳지만 아직까지 없어지지 않고 남아 있는 것은 본성 때문인데, 이 본성은 어떻게 하더라도 없앨 수 없는 것이다거금일합인도폐즉시, 금상불폐자, 유지시유나사병이졸진멸부득(據今日合人道廢則是, 今尚不廢者, 猶只是有那些秉彛卒殄滅不得)." 아직 인간의 본성은 장이 끝난 저자에서 찾을 수 있다는 희망의 메시지를 전하고 있는 것이다. 즉, 인간은 아직 일 말의 본성을 간직하고 있다는 말이 아닌가.『예기』「곡례曲禮」에는 "어떤 이를 사랑하면 그의 나쁜 점을 보아 꼬집고, 어떤 이를 미워하면 그의 착한 점을 보라애지기악 증지기선(愛之其惡 憎之其善)."라는 대목이 보인다. 남이 하던 일을 가지고 제 것인 양 아무리 발버둥을 치고 노력해도 결국은 남이 하던 일을 그대로 따라 하는 것에 불과하다. 이는 곧 본성을 지키지 못하고 이목^{耳目}에 보이고 들리는 것에 휘둘려 본성을 잃는 것을 말함이 아닌가!

개관사정^{蓋棺事定}

1,250여 년 전 당나라는 세계 최강국이었다. 당시 당나라의 인구는 정확히 48,909,800명이었다고 『자치통감』은 전한다. 744년, 이때부터 당나라가 패망의 길을 자초하게 되는 빌미가 되는 여러 사건이 연이어 터진다.

당시 당나라 현종의 비인 무혜비^{武惠妃}가 죽게 된다. 이에 현종은 실의에 찬 나날을 보내고 있었다. 후궁이 수천 명이나 되었으나 현종은 마음에 두지 않았다고 한다. 이에 지금의 법무장관 격인 형부상서 배돈복^{裴敦複}이라는 이가 양귀비를 추천하게 된다. 현종은 양귀비를 보자 그만 넋이 나갈 정도였다고 하는데 원래 양귀비는 현종의 아들인 수왕^{壽王}의 부인이었다.

양귀비는 절세의 미인이어서 그녀를 따를 만한 미색이 없었으며, 살갗이 곱고 매끄러우며 살은 많이 쪘다고 한다. "절세무쌍 기태풍염^{絕世無雙 肌態豐豔}." 이 말을 미루어 볼 때 양귀비는 약간 비만에 가까웠음이 분명하다. 왜냐하면 '풍^豐'자는 함부로 끌어다 쓰는 글자는 아니기 때문이다.

여하튼 현종은 며느리인 양귀비의 처소에 몰래 드나들고 나중에는 결국 무혜비와 같은 황후의 자리를 준다. 희대의 며느리와 시아버지의 사랑놀음이 시작된 것이다. 아들인 수왕은 좌위 낭장인 위소훈韋昭訓의 딸에게 장가를 드는 가련한 처지가 된다. 역사는 이를 어떻게 보아야 하는가. 덩달아 양귀비의 오빠인 양쇠楊釗도 양귀비의 후원으로 현종으로부터 국충國忠이란 이름을 하사받는다. 말 그대로 나라에 충성하라는 뜻으로 붙여준 이름이리라. 당시 당나라는 현종 초기에 안녹산을 필두로 간신이자 재상인 이임보李林甫, 양쇠, 고력사高力史 같은 무뢰배들이 설쳐대는 형국이 되었다. 결국 현종 말년에는 현종의 총애를 받던 안녹산이 난755년을 일으키고 그 뒤 또 사사명의 난을 불러일으킨다.

이러한 시대 상황에 민간에서는 이런 말이 나돌았다고 한다. "사내아이를 얻었다고 기뻐하지 말고 계집아이를 낳았다고 슬퍼하지도 말라. 그대는 지금 계집이 문벌귀족이 되는 것을 보지 않았는가생남물희여물비 군금간녀작문미(生男勿喜女勿悲 君今看女作門楣)!"

이는 『자치통감』 권 215에 보이는 대목인데, 과연 양귀비와 양쇠를 비아냥거리는 말이 아니던가! 공자의 춘추필법의 역사 기술 방식을 빌려 쓴 사마광의 방대한 역사서인 이 책은 그 필법이 준렬峻烈하다 못해 서슬이 퍼런 메스를 대고 있다. 도도히 흐르는 대하大河같은 역사의 흐름에 돌팔매질을 한 이들이 아직도 우리 눈앞에 살아 있음에 눈에 핏발이 선다.

필자는 지금도 백거이가 현종과 양귀비의 러브스토리를 그린 「장한가長恨歌」의 끝 대목을 곱씹고 있다. "하늘에서는 비익조가 되기를 바라고재천원작비익조(在天願作比翼鳥), 땅에서는 연리지가 되기를 바라네재지원위연리지(在地願爲連理枝)." 문학적으로 현종과 양귀비의 사랑을 절절히 그려낸 명작이자 오랫동안 여러 사람의 입에 오르내렸던 글이다. 하지만 문학은 문학이고 현실의 문제는 다르다. 한 나라가 쓰러지는 과정을 사마광은 그 예리한 눈길로 그려냈고, 백거이는 로맨틱하게 뇌까렸던 것이다. 바로 백거이는 역사가 재평가되기 전에, 아니 이른 시기에 문학작품으로 두 사람의 러브스토리를 그려냈던 것이다. 하지만 사마광은 시대를 뛰어넘는 안목으로 1,362년간의 역사를 그리는데 냉철한 이성으로 두 사람을 꼬집고 있다. 사마광은 이른바 개관사정蓋棺事定의 시각으로 역사가의 임무에 충실하였다고 본다. 개관사정이란 어떤 인물이 죽어 관 뚜껑이 닫힌 후에 비로소 그 인물됨을 평가해야 한다는 얘기이다. 감성의 이랑을 북돋는 것이 문학가의 업이라면, 이성의 칼날을 벼리는 것은 역사가의 업이 아닌가 생각한다.

바람과 풀

이 땅의 군자나 지도자들을 바람으로 보고 민초民草를 풀로 보아 민초의 굳세고 질긴 생명력과 이 누리를 떠받치는 대상으로 보는 시각이 있다. 풀은 곧 바람에 쏠리어 거친 버덩나무는 없이 잡풀만 난 거친 들에 누워버리지만 곧장 일어서는 숨탄 이들이다. 동양 고전을 통하여 가장 많이 이야기되고 있는 이들은 백성, 곧 풀이며, 어긋난 바람의 존재를 바로잡아 주는 이들이다. 바람이 지나간 자리에서도, 오롯이 서서 바람의 냄새를 맡으면서도, 나쁜 냄새의 편린과 앙금을 거두어 다시금 거르는 체와 같은 이들이 바로 민초이다. 잘못 부는 바람의 몸짓에 풀은 누워버리지만 끝내는 바람이 지나간 쪽과는 반대로 그 자리에 꿋꿋이 버티어 잘못된 바람의 갈피이치를 바루고 있기도 하다. 사바탁세娑婆濁世의 뭇 바람의 잇속에 물들고 찌든 때를 씻기고 새 옷을 입히는 이들이 바로 풀의 존재이다. 버덩에 누운 풀은 비바람과 돌멩이 그리고 온갖 길짐승과 날짐승, 아울러 두 발 달린 짐승에게 짓밟히지만 그래도 여전히 오롯이 서는 굳센 힘을 지니고 있으며, 이 누리를 보는 눈이 누구보다도 뚜렷하다.

바람은 무엇인가? 그는 바로 버덩에 난 풀에 시원한 공기를 가져다주며 열매를 맺게 하고 막힌 속을 뚫어주는 존재이다. 그는 역사의 앞에 서서 풀을 일으켜 세우고 자양분을 주어 웃자람이 없게 알맞게 키워주는 그 무엇인가를 지녔다. 바람은 크면서도 풀의 포자^{胞子}나 수정분^{受精粉}을 옮겨 잉태케 하는 구실을 한다. 버덩에 있는 풀 한 포기는 세찬 바람에 뽑히거나 꺾이기 마련이다. 그러나 여러 풀이 한데 어울려 있으며 서로를 보듬으면 뽑히거나 꺾이는 일 없이 세찬 바람에 맞설 수 있다. 강한 바람과 역풍에도 휘둘리지 않고 울세는 풀의 인내는 바람보다 억세다. 갈피를 잡을 수 없는 강한 바람과 역풍에 맞서서 벋대는 풀의 힘은 곧 이 누리의 올곧음을 뒷받침해 주는 벼리이다. 온갖 흙먼지와 더러움이 겉으로 켜켜이 쌓여 있는 풀이지만 그 속내는 어느 것보다도 맑고 깨끗한 이가 풀이다. 이러한 온갖 티끌을 벗겨주고 씻겨주는 이는 바람이나 비 등이 될 수도 있다. 하지만 이제는 바람도 예전의 바람이 아닌지 자신의 티끌도 털어내지 못하면서 풀의 그것을 쓸어내려고 하고 있다. 이제는 풀의 노랫말로 바람의 그 성기고 거칠고 추레한 바람의 노랫말을 대신 불러주고 싶다. 이 땅의 바람은 이제 근력이 부쳐 풀의 울센 기운이 이 누리의 사위를 포근히 감싸주는 일이 절실한지도 모른다. 역사는 바람만의 것이 아니고 풀의 것임을 알아야 한다. 바람은 생명이 없는 지나가는 나그네이며, 풀은 그 자리에 늘 붙어 있어 새로운 숨과 움을 틔우는 아득히 오래된 움을 틔우는 탯줄이다.

"군자의 덕은 바람과 같고, 소인의 덕은 풀과 같다. 풀 위로 바람이 불면 바람에 쏠리어 풀은 자빠진다$^{군자지덕 풍 소인지덕 초 초}$

상지풍 필언(君子之德 風 小人之德 草 草上之風 必偃)." 이는 『논어』「안연顏淵」에 나오는 대목이다. 이제 바람의 오롯함은 이지러졌는가? 울센 풀의 벋댐과 올곧음이 늘 그랬듯이 역사의 뒤안길로 사라져야 하는가? "바람은 풀을 쓰러지게 한다. 동쪽에서 바람이 불면 풀은 서쪽으로 쓰러지게 마련이고, 서쪽에서 바람이 불면 풀은 동쪽으로 쓰러지게 마련이다. 바람이 일면 풀은 자빠진다유풍미초 동풍즉초미이서 서풍즉초미이동 재풍소유이초위지미(猶風靡草 東風則草靡而西 西風則草靡而東 在風所由而草為之靡)." 풀은 눕고 자빠질지언정 꺾이지는 않는다. 이것은 『설원說苑』「군도君道」에 나오는 대목이다. 풀을 따뜻하고 어여삐 어루만지는 바람의 노랫말과 바람보다 먼저 울세는 풀의 오롯함이 묻어나는 누리를 그려본다.

앎이란

어느 날 실학자 이덕무李德懋, 1741~1793는 어떤 사람에게 다음과 같은 말을 듣는다.

"예부터 한 가지라도 조그마한 재주를 지니게 되면 비로소 눈앞에 보이는 사람이 없게 되고, 스스로 한쪽에 치우친 지식을 믿게 되면 차츰 남을 업신여기는 마음이 생겨 작게는 욕하는 소리가 몸을 덮게 되고 크게는 언걸재앙과 근심이 따르게 된다. 이

제 그대가 날로 글에다 마음을 두니 힘써 남을 업신여기는 자료를 마련하자는 것인가?"

그는 두 손을 모으며 공손히 말하기를,

"감히 조심하지 않겠는가." 하였다. 이는 『청장관전서』에 나오는 대목이다.

지금은 인터넷의 발달로 손가락 하나만 까딱하면 수많은 지식을 채집할 수 있다. 옛날과 같이 수많은 책을 쌓아놓지 않고도 웬만한 지식은 바로 건져 올릴 수 있는 세상이다. 아주 편하게 키보드의 자판을 두드려 무한한 지식의 바다를 헤엄치며 마음대로 지식을 섭취할 수 있다. 옛날과 같이 책시렁에 책을 가득 채우지 않아도 틈나는 대로 얻을 수 있다. 우리네 선조들은 책을 통해서 지식을 얻고 깊은 사색에 빠져 골똘히 생각하는 자세를 지녔다. 동양학은 특히 더하였다. 조선의 4대 임금인 세종은 밤낮을 쉬지 않고 독서를 하였다고 한다. 그야말로 주야장천晝夜長川의 맹렬한 기세로 독서를 한 이였다. 이에 노한 태종은 내시들을 동원하여 국본國本인 충녕대군의 방을 샅샅이 뒤져 책을 모두 들어내게 하였다고 한다. 이때 유독 『구소수간歐蘇手簡』이란 책이 병풍 뒤에 깊숙이 숨겨져 있어 이를 찾아내지 못하였다고 한다.

충녕은 이를 무려 1천 3백 번이나 읽었다고 서거정이 쓴 『필원잡기筆苑雜記』에 보인다.

문제는 인터넷에서 얻은 지식이 진정 나의 것이냐는 것이다. 비록 한 글자 또는 한 문장이라도 종이에 인쇄된 활자를 몇십 번 아니 몇 백번은 곱씹어야 진정한 나의 앎이 되는 것이다. 인터넷의 블로그나 카페에 글을 하나 게시하면 댓글이 달린다. 어떤 이들은 사실 확인도 하지 않고 인터넷을 검색하여 댓글을 올린다. 얼핏 보면 맞는 것 같으나 기실 그 댓글을 면밀히 보면, 아니 책을 통하여 보면 이치에 맞지 않는 경우가 종종 있다. 더욱이 문제는 인터넷에서 얻어 올린 댓글이 맞는 양 허세를 부리며 가혹한 공박을 해온다. 공박을 넘어 상대에게 핏대를 세우며 서슴없이 인신공격까지 감행한다. 아니, 아예 글을 올린 이를 매장해 버린다. 자신이 그만큼의 지식이 있음을 무기로 안하무인의 위세를 부린다. 이는 남을 업신여기는 일이다. 한마디로 눈앞에 보이는 게 없는 지경으로 치닫기도 하며, 자신의 지식이 모두 옳다고 여기는 독선의 구렁텅이에 빠지게 된다. 지식은 상대방과 더불어 공유하며 이를 서로 토론하거나 그 시비와 이치를 따져 서로에게 득이 되는 방향으로 발전시켜야 하는 것이다. 이덕무는 지식을 남에게 보이기 위한 것이 아닌 자신의 수양을 위한 방편으로 삼았고, 마찬가지로 충녕대군 또한 그러하였다.

모름지기 앎이란 자신을 수양하고 세상을 경영하는 일에 쓰여야 한다. 인신공격을 하거나 허세를 부린다거나 또는 독선을 고집하는 일은 남에게 해를 준다. 아울러 이러한 행동은 자신에게 동티^{재앙}를 불러올 수 있다. 장자^{莊子}는 이를 일러 "시^詩나 예^禮로써 남의 무덤을 파헤치는 것^{시례발총(詩禮發冢)}"이라고 하였다. 곧 글로써 남에게 피해를 준다는 말이다.

청장관^{靑莊館}

세상에는 기이하고도 희한한 새가 있다. 이 새는 조류도감 따위에도 없는 출처 미상의 새이다. 이 녀석은 특색 있는 새이다. 현실에 존재하지도 않는 새이다. 이 녀석은 좌우에 먹이가 잔뜩 있어도 쪼아 먹지 않고 오로지 눈앞의 모이만 쪼아 먹는 희한한 습성을 지녔다. 아무리 좋은 모이로 꼬드겨도 옆이나 좌우를 돌아보지 않고 앞에 놓인 것만 먹는 새이다. 외골수인 성격이다. 그 이름은 '청장관^{靑莊館}'이다. 이 새는 전설 속의 새일 뿐이다. 바로 이 새를 가슴에 품고 호를 지은이가 있으니 『청장관전서』를 지은 이덕무^{李德懋, 1741~1793}라는 조선 후기의 학자이다. 그의 글에는 실학자다운 면면이 곳곳에 엿보인다. 그는 서얼이었기에 제대로 관직에 나갈 수 없었다. 그의 글에는 자신을 빗대는 글이 있는데 바로 '글만 읽는 바보'라는 글이다. 서얼의 한계를 벗어나기 위하여 한겨울 추운 방에서 글만 죽어라 읽어 결국은 정조에게 발탁되었던 인물이다. 어느 날 그는 배고픔을 견디다 못하여 읽고 있던『맹자』를 팔아 배불리 먹고 유득공의 집에 갔다. 그러자 유득공은 그가 지니고 있던『춘추좌씨전』을 팔아 술을 사주었다는 일화도 있다.

청장관이라는 새와 같이 살아간 이가 있다. 조선 중엽 광해군 때 병조판서와 대사헌을 지낸 어느 대감이 하루아침에 벼슬에서 쫓겨나 김포 땅으로 낙향하였다. 봄이 되면 밭에 심을 씨감자와 얼마의 고사리가 그가 가진 전부였고 허름한 움막에 종 하나를 데리고 보리밥을 겨우 먹는 처지였다. 광해군이 임금의 자리에 오르자 그는 일거에 내동댕이쳐진 것이었다. 그는 광해군이 임금이 되기 전에 선조 임금으로부터 영창대군을 잘 보필하여 왕위를 잇게 해달라는 고명顧命을 받았다. 그러나 그와 함께 선조의 고명을 받은 다른 신하들이 배반하여 광해군을 왕으로 세우자 그는 시골로 내려갔다. 마흔 살이 되기도 전에 부제학, 도승지, 대사간 등의 벼슬을 살고 광해군이 임금의 자리에 오르기 전에는 대사헌의 자리에 오르기도 하였다. 벼슬에서 물러난 지 15년 만에 인조반정1623년이 일어난다. 곧 인조의 부름을 받아 이조판서의 벼슬을 받고 잇따라 좌의정, 우의정 그리고 끝내는 영의정의 자리까지 단박에 오른다. '일인지하 만인지상一人之下 萬人之上'의 자리에 오른 것이다. 하지만 벼슬에서 물러나고 그는 서까래가 썩고 기둥이 기우는 초가집에 살았다. 당시 집안에는 아들과 손자들이 거의 다 과거에 급제하여 벼슬을 살고 있었으니 떵떵거리고 살 만한데도 그러하였다. 그는 옷 한 벌에 이불 하나로 한뉘^{평생}를 살았던 상촌^{象村} 신흠^{申欽, 1566~1628}이었다.

한사^{寒士}, 뜻을 펴지 못한 선비가 아닌 상촌 선생의 고매한 절개를 그린 시가 있다. 그 높은 벼슬을 살고도 다시 한사의 기개를 꺾지 않았던 대학자이자 선비의 정신을 나타낸 시는 과히 절품^{絶品}이라 할 만하다.

> 桐千歲老恒藏曲^{동천세로항장곡}
> 오동나무는 천 년을 살아 죽어서도 가락을 지니고,
> 梅一生寒不賣香^{매일생한불매향}
> 매화는 겨우내 추위에도 그 향기를 팔지 않는다.
> 月倒千虧餘本質^{월도천휴여본질}
> 달은 수없이 이지러져도 본래의 모습을 지니고,
> 柳經百別又新枝^{유경백별우신지}
> 버드나무가지는 백 번을 꺾여도 다시 새 가지가 나는구나.

옛 선비의 청렴한 마음가짐은 마른하늘에서 날벼락이 쳐도 꺾이지 않는 꼿꼿함이 있었다. 이곳에 이리저리 휘둘리는 게 세태이다. 한 번 마음에 새기고 되새김질할 만한 대목이다. 이악함^{이익을 위하여 지나치게 아득바득하는 태도}을 쫓는 마음에 무서리같이 내려앉는 섬뜩한 기상을 느낀다. 아! 부끄럽구나!

수이불실秀而不實

　　비리와 부정이 끊이지 않고 꼬리를 물고 발생한다. 파렴치한 破廉恥漢이 늘어나고 있다. 느자구싹수가 노란 게 보인다. 느자구가 노래지면 끝장이다. 배움이 깊지 못하고 수양이 덜 된 이들을 꼬집은 대목이 『논어』「자한」편에 보이는데 여기서는 공자의 직설 화법이 나타난다. 『논어』를 읽다 보면 공자가 이런 직설화법으로 상대를 옴짝달싹하지 못하게 하는 장면이 보인다. "싹은 나도 꽃이 피지 않고, 꽃은 피어도 열매를 맺지 못한다묘이불수 수이불실(苗而不秀 秀而不實)."라는 대목이다. '묘이불수苗而不秀'는 싹은 틔워도 꽃을 피우지 못하니 싹 아지, 곧 싸가지가 없는 것이고, '수이불실秀而不實'은 꽃은 피우지만 열매를 맺지 못하니 느자구가 보이지 않는 것이다. 곧 싹수가 노랗다는 얘기이다. 필자가 8년 전에 읽은 『이아爾雅』의 대목이 떠오른다. 3,000년 전(?)에 주공周公이 지었다고 전해지는 『이아』「석초釋草」에 보면 꽃과 열매에 대하여 상세히 풀고 있다. "나무에 꽃이 피는 것을 화華라 하고, 풀에 꽃이 피는 것을 영榮이라 한다목위지화 초위지영(木謂之華 草謂之榮)." 다시 이를 풀기를

　　"풀에 꽃이 피지 않고 열매를 맺는 것을 수秀라 하며불영이실자 위지수(不榮而實者 謂之秀),

풀에 꽃은 피나 열매를 맺지 못하는 것을 영英이라 한다영이불
실자 위지영(榮而不實者 謂之英)."

이는 학문 완성의 여부를 말하는 것이다. 싸가지가 없고 싹
수가 노랗고 잔망스러운 터수를 지닌 이가 많은 세상이다. 학문
은 곧 인격 완성의 척도가 되는 것인데 이도 저도 못 되는 깜냥
들이 있다. 이는 학문이 제대로 서고 인격 수양이 제대로 된 이
가 나라와 국민을 다스려야 한다는 대목이다. 이 대목을 곱씹어
보니 가슴이 서늘해진다.

『목민심서牧民心書』권 2「청심淸心」편에 보면 조선의 건국 후
부터 정조 임금 때까지 적바림을 살펴보면 태조로부터 성종 사
이에 45명, 중종으로부터 선조 사이에 37명, 인조로부터 숙종 사
이에 28명 모두 110명의 청백리가 이었다고 한다.

송宋나라 때의 학자인 육구연陸九淵, 1139~1193은『상산록象山錄』
에서 청렴결백의 등급을 세 가지로 나누었다. "첫째, 나라에서
주는 녹봉 이외에는 아무것도 받아 먹지 않고 먹다 남은 것은 하
나도 가지고 돌아가지 않으며, 체임되어 돌아가는 날에는 말 한
필에 몸을 실었을 뿐, 옷소매에 맑은 바람만이 일뿐이니 이것이
옛날 염리廉吏로서 최상등이다. 둘째, 봉록 외에 명분이 바른 것
은 먹되 바르지 않은 것은 먹지 않고 먹고 남은 것이 있으면 집
으로 보내온 집으로 돌려보내는 것이 중고中古 시대의 염리로서

그 다음가는 것이다. 셋째, 무릇 전례典例로 되어 있는 것은 비록 명분이 바르지 않더라도 먹되 전례가 없는 것은 제가 먼저 시작하지 않고, 향鄕이나 임任의 벼슬도 팔지 않으며, 재앙을 핑계로 곡식을 농간하지도 않고, 농사나 형옥刑獄(소송)을 돈 받고 처리하지 않으며, 세금을 더 부과하여 남는 것을 착복하지 않는 것이 오늘날의 염리로서 최하등이다."

청렴결백을 방해하는 것이 앵이다. 명나라 때 사람인 풍유룡馮猶龍, 1574~1646은 "천하의 가장 나쁜 일은 돈을 버리지 못하는 데서 오고, 천하의 좋은 일은 모두 돈을 버릴 수 있는 데서 온다."라고 하였다. 돈만큼 사람을 비굴하게 하는 게 없다. 얼마 정도의 돈을 가지는 것은 좋다. 그러나 가지면 가질수록 더 욕심이 나는 게 돈이다. 이런 마음을 끊어버려야 목민관牧民官의 자질이 선다.

다산이 말하기를 "선비의 청렴함은 마치 여인이 순결을 지키는 것과 같아 터럭만큼이라도 더러움이 있다면 평생 흠이 된다유사지렴 유여지결 구일호지점오 위종신지점결(惟士之廉 猶女之潔 苟一毫之點汚 爲終身之玷缺)"고 하였다. 청렴결백함은 목민관이 본디 힘써야 할 바이며 모든 선善의 원천이며 모든 덕의 근본이다. 백성을 다스리는 이가 마음에 담아두는 글, 이게 목민심서의 사자어금니가 되는 줄거리이다. "백성 보기를 아래로 보아서는 안 되고 어진 마음과 자애로움으로 친하게 지내야 한다^{민가근 불가하(民可近 不可}下)"는 말이 있다. 이는 『서경』「감서^{甘誓}」에 나오는 대목이다.

　모름지기 수령이 될 이는 어질고 청렴결백하고 비리와 부패에 대하여 결단력이 있어야 한다는 게 다산의 생각이다. 세상을 경영하면서 봄에는 따뜻한 마음으로 백성을 위무하고 가을에는 모름지기 잘잘못을 가려 벌을 주는 게 수령된 이의 책무인 것이다. '경세춘추^{經世春秋}', 『장자』의「제물론」에 보이는 대목이다. 벼슬자리는 곧 모두가 지닐 수 있는 공기^{公器}이다. 이는 벼슬자리를 삿된 욕심으로 사사로이 할 수 없다는 말이다. 오죽했으면 수령의 자리를 얻으려는 것을 걸군^{乞郡}이라 했을까! 벼슬을 얻으려고 동분서주하는 이들이 민심을 얻는 게 아니라 구걸하는 것이라고 하니 구걸한 것은 아껴서 먹어야 한다는 말이다. 백성의 때묻고 땀이 서린 앵이를 함부로 써서는 안 되는 것이다.

　요즘 싹수 노랗고 잔망스러운 터수의 공직자들이 점점 늘어나는 추세이다. 공직에 있는 이들이 『목민심서』 한 대목이라도 읽어 이를 실천하려는 노력이 있기를 바란다.

『도덕경』을 읽고

　『노자』 아니 『도덕경』은 어떤 도서이기에 가장 많은 언어로 번역되어 읽힌 책 중 하나인가?

필자는『도덕경』을 기실 수차례 읽었다. 인물이나 시대적 상황으로 비추어『도덕경』은 아마도 전국 시대에 이루어진 도서가 아닐까 생각된다. 유가, 법가, 묵가, 농가 등 제자백가들이 한 차례 소용돌이처럼 세파를 휘젓고 난 뒤의 저작물이란 생각이 든다.

노자가 극구 명토 박은^{꼭 집어서 가리키다} 일은 무욕無慾, 무지無知, 무위無爲의 세 가지 철어哲語이다. 혼돈의 시대와 창조의 세계 중간 어디쯤엔가 천天, 지地, 인人이 생겨나고 만물이 생성되었을 무렵의 도道라는 개념이 보인다는 것이다. 하늘이 열리고 땅이 생겨날 무렵, 그 중간 어디에 인간이라는 개체가 하나 더 생겨난 것이다. 시초에는 하늘과 땅이 열리고 생겨났는데 인간이라는 영악한 이가 생겨나 천지간과 만물에 있는 사물에 이름을 부여하니 이게 곧 사물을 알게 되는 비롯함이었다. 사물이 생겨나니 인간은 사물마다 고유한 색과 향을 지니고 번쩍이고 값어치를 지닌 무엇이 있어 이에 금을 매기게 되어 결국은 이게 재물이 되었으니 이를 갖고자 하는 게염이 부르터나게 되었던 것이다. 자연은 결코 무리하게 이루려는 본질이 없었는데 인간이 자신을 위하여 이를 이롭게 만들고자 하니 결국은 억지로 일을 꾸며내는 유위有爲의 작용이 끼어들게 되었다.

인간이 애당초 이 누리에 왔을 때에는 도둑도 울타리도 없고 생산한 것을 나누어 먹는 사회였다. 홀아비나 과부 그리고 고아나 늙어서 자식이 없는 이들을 공평하게 거두어 먹이고 길러주는 누리인 대동大同의 누리였으나, 점차 법률과 명령과 권위 등이 서게 되고 이른바 인의예지仁義禮智 등을 필요로 하는 소강小康의 누리로 전락하고 말았다.

　노자는 유가儒家가 부르짖는 일체의 권위, 지위, 도덕률, 법률, 유위有爲, 곧 억지로 무언가를 하는 것을 부정하고 있다. 모든 사물은 그 본연의 작용에 맡겨야 하는 것으로 '억지로 하지 않는 것'을 강조하고 있는 것이다. 노자가 주장하는 핵심은 바로 무위無爲인 것이다. 도道란 무엇인가? 바로 자연의 작용을 말함이다. 자연은 '말없이 일하는 무위無爲, 일정함이 없는 만물이 변화하는 무상無常이면서 늘 일정한 법칙을 따르는 유상有常을 지닌 하나의 우주의 법칙'이다.

　자연은 늘 일정한 법칙常을 지닌 것임은 틀림없다. 노자는 이러한 무상이면서 유상의 무위를 도라고 보고 있다. 바로 도는 '우주 만물에 깃들어 있는 일정불변의 자연을 움직이는 법칙'이라고 감히 단언코자 한다. 자연은 곧 무욕, 무지, 무위를 행하고 이를 우리에게 넌지시 알려주는 큰 스승이기도 하다. 노자는 바로 이런 점을 『도덕경』 전체에서 우리에게 비추어 주고 있음이다. 덕德은 바로 이러한 '우주 만물에 깃들어 있는 일정불변의 자연을 움직이는 법칙'을 인간이 살아가는 상황과 시대에 몸소 나타내는 일이라고 할 수 있을 것이다.

『도덕경』은 인간의 처세술에 관하여 자심한 공력을 들여 우리에게 알려주고 있다. 읽는 내내 마치 하늘의 붕새라도 된 양 대해大海를 나는 느낌이다. 정치하는 이들에 대한 것, 물의 작용을 빌려 쓴 것, 부드럽고 유연한 것이 강한 것을 이긴다는 것, 지식을 버리고 배움을 끊을 것, 자신을 드러내지 말 것, 욕망을 버릴 것 등 많은 시사점을 안겨다 주고 있다.

필자는 노자의 핵심 사상을 한마디로 다음과 같이 집약시킬 수 있다고 생각한다.

"Nothing is something, and vice versa something is nothing. That's the Taoist's concept of getting access to universe(아무것도 하지 않는 것은 무엇인가를 하는 것이고 무엇인가를 하는 것은 아무것도 하지 않는 것이다)." 이게 노자가 우주의 실체를 접근하는 철학의 방식이다.

탄금정 시판詩板 오류

2013년 9월 1일 필자는 탄금정에 올랐다. 처서가 지난 때인데도 한낮의 열기는 여전히 무더웠다. 자전거를 타고 탄금정 초입까지 갔다. 초입에서 정상 부근까지는 가파른 경사여서 하는 수 없이 자전거를 밀고 올라갔다. 날이 더워 이내 땀이 비 오듯

하였다. 중간에 두어 번 그늘진 곳에 머무르며 쉬어가곤 하였다. 짙은 녹음緣陰 아래에 가쁜 숨을 고르기를 해도 더위는 쉽게 가라앉지 않았다. 정상에 오르니 아이들과 그들을 대동하고 온 젊은 부부들, 연인들이 한가로이 그늘을 따라 여기저기 예술 작품인 조각상들을 감상하고 있었다.

필자는 오직 한 가지 생각만을 하면서 관광객들을 일별一瞥하듯 스쳐 지나가고 있었다. 탄금정 정상에 오르기 위하여 가파른 계단을 성큼성큼 걸어 올랐다. 내심 탄금정彈琴亭 시판詩板을 보려는 심산이었다. 탄금정에 오르자 맑은 바람과 발아래 달천의 물이 시야에 한 폭의 그림처럼 들어왔다. 정상에 오른 뒤 다시 호흡을 가다듬고 탄금정에 오르는 구비 진 계단을 타고 정자에 올랐다. 정자 사면에는 정갈하게 쓰인 시판이 네 귀퉁이에 걸려 있었다. 그곳에 오르니 단체로 관광을 온 분들이 많았다. 내가 시판을 디지털카메라로 찍는 동안에도 관광객들은 계속해서 올라왔다. 어떤 일행은 나에게 단체 사진을 찍어 달라는 부탁을 했고 나는 흔쾌히 사진을 찍어 주었다. 탄금정이라는 유서 깊은 관광지를 찾아오는 이들이기에 내심 기쁜 마음이었다. 심신의 고단함을 물리치려고 이곳 정자까지 오른 그들이 고마웠고 충주의 명물이 그 이름값을 하는구나라는 마음에 기분이 들떴다.

그런데 시판을 카메라에 담던 필자는 아연실색하였다. 네 귀퉁이에 걸린 시판 모두에 오자誤字가 있는 데다가 번역문이 틀렸기 때문이다. 탄금정에 걸린 시판은 지난 2010년 초에 한국고전번역원의 한 수석연구위원이 지적한 오자와 번역문이 3년 전 모습 그대로 걸려 있었다. 필자는 한국고전번역원의 수석연구위원이 지적한 오자를 일일이 짚어가며 두 번이나 촬영하였다. 3년 전 필자는 이 오자를 일일이 노트에 적어 놓았던 것을 떠올리며 시판을 뚫어져라 보면서 눈에 갈무리를 하였다. 탄금정에 걸린 네 개 시판의 오자는 무려 22자였다. 꼼꼼히 살펴보니 많은 글자가 잘못 쓰여 있었다. 지면상 이를 다 옮기지는 못하지만 네 개의 시판 모두 오자가 들어 있었다. 어떤 시판의 시 한 수에는 무려 10자가 잘못 쓰였고, 한 글자만 오자가 있는 시판도 있었다. 또 다른 시판에는 9개의 오자가 보이기도 하였다. 시판 하나에 오자가 10개가 되면 시를 쓴 이의 의도와 본뜻이 180도 달라지는데 이 역시 시의 본뜻이 완전히 뒤틀려 있었다.

필자는 이 오류를 보기 위하여 시의 출처가 되는 문집^{文集}의 원문을 세밀히 찾아보았다. 시의 내용은 탄금정 경치를 읊은 한 수만 제외하고 모두 임진왜란 당시 신립^{申砬, 1546~1592} 장군이 산화^{散花}한 내용을 담은 것으로 8천 고혼^{孤魂}의 넋을 기리는 내용이었다. 지하의 영령을 위로하는 이 시들이 본질을 벗어나 다른 의미로 풀이되어 왜곡되고 있다는 점에서 분노마저 치밀어 올랐다. 이 유명짜한 탄금정이 시판 하나로 인해 본질이 흐려지고 있는 것이다. 하나의 시판을 예로 들어본다.

「彈琴臺」

『노촌집(老村集)』 卷一

琴臺之水碧瀜漫 千古陳濤事可潸 ^{탄금지수벽단만 천고진도사가산}

탄금정의 시퍼런 물 길고 길게 흐르거니

지난날 패전한 일 생각하니 눈물 나네.

但使一夫當鳥嶺 何勞八駿到龍灣 ^{단사일부당조령 하로팔준도용만}

한 군사로 새재 고개 지키게만 하였던들

어찌 임금 용만 땅에 피난 가게 하였으랴.

江流有石應留恨 廟樹無花不點斑 ^{강류유석응류한 묘수무화부점반}

강물가의 바위에는 당시의 한 서려 있고

사당 앞의 나무에는 꽃도 피어 있지 않네.

薄暮鬚鬚煩鬼出 輕虹殿雨過前山 ^{박모린린번귀출 경홍전우과전산}

날 저물자 맑은 물에서 귀신들이 튀어나올 것 같은데

무지개 속 마지막 비 앞산 스쳐 지나가네.

오류가 발견된 탄금정 시판

琴臺之水碧漫澶 千古陳濤事可潛 금대짓벽만단 천고진도사가잠

但使一夫當鳥嶺 何勞八駿到龍灣 단사일부당조령 하로팔준도용만

江流有石座留恨 墓樹無花不點班 강류유석좌류한 묘수무화부점반

薄暮鄰鄰炊鬼出 輕虹殿閣過前山 박모린린취귀몰 경홍전각과전산

충주시의 어느 부서에서 탄금정을 관장하는지는 모른다. 그러나 탐방객이 많이 찾는 충주의 얼굴인 탄금정의 시판이 하루 빨리 교정되기를 바라는 마음 간절하다. 부디 충주 시민과 충주의 얼굴인 탄금정이 새로이 거듭나기를 바란다. 시판을 읽고 내려오는 동안 발걸음이 무겁고 씁쓸하다.

제금당製錦堂

필자는 지난 10월 23일 아침 일찍 집을 나서 충주 관아에 들어갔다. 날이 좋아 산책하기도 좋았다. 관아는 청명한 가을 하늘 아래 위엄과 기상을 돋우고 있었다. 관아에 들어서니 왼편에는 노목老木이자 거목巨木인 느티나무가 옹골찬 기세로 우뚝 솟아 있었다. 관아를 들어서면 바로 정면에 보이는 건물이 청녕헌淸寧軒이다. 청녕헌과 노목 몇 그루를 돌아보고 있었다. 관아의 초입에는 중원루中原樓라는 현판이 걸린 건물이 있는데 이는 관아의 대문이다.

중원루를 지나면 바로 넓은 광장이 있는데 고운 모래와 소금으로 바닥을 다진 관아 마당이 드넓게 펼쳐져 있다. 입자가 고운 모래를 다져서 땅 위를 밟는 느낌이 좋았다.

청녕헌 오른편에는 조금 작고 아담한, 약간은 퇴색되어 빛을 바랜 건물이 하나 있다. 바로 제금당製錦堂이다. 나지막이 내려앉은 듯 안온安穩한 자태를 보이고 있다. 제금당의 편액을 누군가 초서草書로 일필휘지一筆揮之하였는데 힘찬 필력과 굵은 글씨에 힘이 넘쳐흘렀다. 하나 막상 제금당 앞에 서니 별다른 안내판이나 설명문도 없고 그저 덩그마니 건물만 놓여 있어 조금은 을씨년스러운 모습이다. 관아를 찾는 이들에게 무언가 허전함을 주는 듯한 인상이 들었다. 일반인들이 읽고 있는 것은 기껏해야 아래와 같은 내용 정도였다. 제금製錦의 뜻은 모른 채 말이다.

> 지방유형문화재 제67호. 제금당은 청녕헌의 동쪽에 있는 8작 기와집으로 귀빈들을 맞이하던 영빈관으로 사용하던 건물이며 별관 건물로서는 유일하게 현존하는 건물이다. 고종 7년1870년에 청녕헌과 함께 소실되었던 것이 충주 목사 조병로에 의하여 중건되었으며 이듬해에 출입문인 내삼문을 세웠다. 그동안 중원군수의 관사로 사용하여 오다가 1983년에 충주시에서 원형을 살려 복원 개수하였다. 정면 7간 측면 3간으로 중건된 이 제금당은 중앙 2간 통간을 우물마루의 대청으로 하여 정전으로 이용하였으며 대청 오른쪽 2간은 온돌방과 마루방으로 대청 왼편 3간은 2간의 온돌방과 1간의 마루방으로 각각 만들었는데 앞면에는 모두 반간씩의 툇마루를 설치하였다.

제금製錦이란 과연 어떤 뜻일까? 필자는 이미 수 년 전 이 뜻을 탐구하였다. '제금'을 글자 그대로 풀면 '비단옷을 짓다'라는 의미이다. 그러나 글자대로 풀면 무슨 내용인지 모른다. 옛 문헌이나 글을 보면 단어나 글자 하나하나에도 깊은 뜻이 담겨있다. 『춘추좌씨전』 양공襄公 31년 조기원전 689년에 보면 다음과 같은 적 바림이 보인다.

정鄭나라 공자公子 피皮가 윤하尹何로 하여금 자기가 소유하고 있는 어느 읍을 다스리게 하려는데 공자 산産이 말하기를 "나이가 어리니 그가 다스릴 수 있을지 다스리지 못할지 알지 못합니다."

이에 공자 피는 "윤하는 신중하고 착한 사람이오. 내가 그를 아끼니 그는 나를 배반하지 않을 겁니다. 읍재로 나가 다스리는 법을 배우게 하면 차츰 다스리는 법을 알 것이오."

이에 공자 산이 말하기를 "아니 됩니다. 사람이 다른 사람을 아끼게 됨은 그에게 이로운 일이 있기를 바라서입니다. 이제 임께서 다른 사람을 아끼시어 백성을 다스리는 일을 맡기고자 하시지만 이는 칼을 쓸 수 없는데도 큰 것을 칼로 베게 하는 것과 같은 일입니다. 이리하면 그에게 많은 상처가 나게 마련입니다. 임께서 다른 사람을 아끼심이 상처 나게 할 뿐이라면 그 누가 임의 사랑을 받으려 하겠습니까? 임은 우리 정나라에 있어 동량이십니다. 동량이 끊어지고 서까래가 무너지면 임의 비호를 받는 저 교僑는 눌려 죽을 것입니다. 감히 속마음을 다 말하지는 못하나 임이 아름다운 비단을 가지고 있다면 옷 짓기를 배우려는 사람에게 옷을 만들라고 시키지는 않으실 겁니다. 큰 벼슬이나 큰 읍은 많은 사람의 몸을 감싸주는 것인데 배우고 있는 사람에게 시험 삼아 옷을 짓게 하신다는 말인지요? 큰 벼슬과 큰 읍의 중요성은 아름다운 비단보다는 더 많은 게 아닙니까? 교僑 저는 배우고 나서 정치에 입문한다는 말은 들었으나 정치를 하면서 배운다는 말은 듣지 못했습니다. 만일 정말 그리한다면 반드시 해가 될 것입니다. 수렵狩獵의 일로 비유를 하자면 활쏘기와 수레몰이에 익숙하면 짐승을 잡을 수 있으나 만일 남이 모는 수레를 타고 활을 쏘며 수레를 손수 몰지 않는다면 실수를 하여 수레가 뒤집어질까 봐 두려워할 것인데 어찌 짐승 잡을 생각을 할 겨를이 있겠습니까?'

이에 공자 피가 "훌륭한 말이오! 호虎 나는 어리석었소. 내 들은 바로는 군자는 큰일과 먼 앞날의 일을 알려고 힘쓰고, 소인은 눈앞의 일을 알려고 힘쓴다고 하오."

대화는 이렇게 끝을 맺는다. 위의 이야기에서 공자 피는 윤하라는 나이 어린 사람에게 어떤 읍을 다스리는 중책을 맡기려 한다. 이에 자산子産이 이제 막 옷 짓는 법을 배우고 있는 이에게 아름답고 결이 고운 비단을 주어 비단옷을 시험 삼아 짓게 하면 안 된다는 점을 일러주고 있다. 사람으로 말하면 덕이 부족한 사람에게 정치를 맡기면 안 된다는 비유로 점차 나아가고 있다. 제금은 곧 옷을 짓는 기술이 탁월한 이에게 비단옷을 짓게 해야만

멋진 디자인과 공교한 바느질이 어우러진 고급 옷을 만들 수 있다는 것이다. 제금은 곧 '어진 이가 수령의 자리에 오른다'는 의미이다. 자산은 배움과 덕이 갖추어져야 다스림을 행할 수 있다는 비유로까지 끌어올리고 있다. 요즘 나라를 다스리는 데 비인소배非人少輩들이 날뛰는 형국이다. 아흐, 씁쓸하다!

초한初寒

술도가에서 취한 사람의 낯빛인 양 불콰하던 단풍잎이 사라진 지 얼마 되지 않아 어느새 겨울의 초입에 들었다. 그 뜨겁던 불지옥이 지난 지 엊그제 같은데 겨울 어귀에 성큼 들어섰다. 시절인연時節因緣. 이같이 무상하던가! 가을도 겨우 노루 꼬리만큼이나 살짝 얼굴을 내밀곤 후다닥 가버린 올해이다. 여름의 그 불열 지옥 같은 해에 여인의 손길 같은 삽상한상쾌하고 시원하다 산내리 바람을 그리워하던 때가 엊그제 같은데 말이다. 온몸을 뒤발한온몸에 뒤집어쓰거나 바르다 땀을 쓸어내려 주던 바람은 온데간데없고 벌써 된바람이 몰아치는 엄동嚴冬이란 시절인연을 만났으니 하, 수상타. 세월의 흐름이여!

이즈음 겨울 산사山寺는 고즈넉이 거우듬한조금 기울어진 듯하다 뒷산에 몸을 맡긴 채 겨울나기를 하는가보다. 산사에 들어서니 어미 개와 강아지 두 마리만 반기고 인적은 보이질 않는다. 능수

버들 핀 도랑가엔 떨어진 이파리가 수북이 쌓였고 여울에는 벌써 살얼음이 겨울의 거추꾼^{남의 일을 주선하거나 거들어 주는 사람}으로 당당함을 드러낸다. 이제 떠나야지 하는 가을의 한숨 소리를 들었다. 가을은 이렇게 겨울에 해마다 겨끔내기^{서로 번갈아 하기} 자리를 내어주고 있었다. 근래 기후는 여름과 겨울이 따로 없는 듯하다. 가을은 어느새 어마지두에 겨울에 자리를 내어주고 있었다.

『회남자^{淮南子}』「설산훈^{說山訓}」에는 "나뭇잎 지는 것을 보고 한 해가 저무는 것을 알고, 병 속의 물이 언 것을 보고 누리가 추움을 알 수 있다^{견일엽락 이지세지장모 도병중지빙 이지천하지한(見一葉落 而知歲之將暮 睹瓶中之冰 而知天下之寒)}."라는 적바림이 보인다. 이는 이파리 한 잎 떨어지는 것으로 몬^{사물}이 시들고 철이 바뀌는 것을 거니챌 수 있다는 말이다. 나뭇잎 떨어지는 게 눈에 보이고 병 속의 언 물로 세월이 감을 알 수 있었다는 게 2천 년 전 사람들의 뇌리에도 각인이 되었나 보다.

무서리가 내리고 이제는 서리가 온 들녘과 뫼를 온통 뒤발하고 있다. 새벽녘 창문에는 성에가 낭자하고 문 틈새로 바람이 꾸역꾸역 들어온다. 태양은 낮게 보이고 산사의 밤하늘은 어느 때보다 별이 총총하다. 고향에서 가져온 행, 초서의 육필^{肉筆}로 쓴 초필^{抄筆} 문집을 읽다 보면 어느새 달은 휘영청 밝아오고 곧 닭울이 무렵의 희붐한 여명이 밝아오고 있다. 이 차가운 날에 밤을 지새우는 때가 많지만 브릇나지^{짜증나다} 않고 마냥 기꺼운 마음이 이는 까닭은 무엇인가? 절집 앞에 선 엄부렁한 가장이^{나뭇가지} 몸 사이로 달빛이 옴팡지게 쏟아지기 때문이었다. 다음은 송나라 육유^{陸游, 1125~1210}의 「초한^{初寒}」이라는 시이다.

重雲蔽白日 ^{중운폐백일}

두터운 구름이 해를 가리고,

陂港日夜涸 ^{피항일야고}

개울과 도랑이 날로 얼어붙네.

秋風才幾時 ^{추풍재기시}

가을바람이 얼마나 불었는가?

已見雪霜作 ^{이견설상작}

이미 눈과 서리를 실어오는 것을

올해는 첫추위가 빨리 왔다. 늦가을 들녘에 불어오는 바람에 이미 겨울의 눈과 서리를 실어온다는 이 말이 섬뜩하다. 춥다. 볼을 비비고 싶다. 손가락 끝에 한기가 온다. 해가 짧아 해동갑 무렵이면 발을 동동 구르며 집에 서둘러 간다. 올겨울이 그^{캄캄한 밤에 갑자기 나타나 쳐다보면 쳐다볼수록 한없이 커지는 귀신}처럼 다가오고 있다. 하지만 엄동설한을 얼래고 달래는 여온^{呂溫, 771~811}의 시구^{詩句}로 얼어붙는 마음을 달래보자. "엄동에 매서운 추위가 없다면 어찌 포근한 봄을 볼 수 있으랴!^{엄동불소쇄 하이견양춘(嚴冬不肅殺 何以見陽春)}!"

하야무월何夜無月

달 없는 밤이 있을까? 초하루에서 그믐이 될 때까지 달은 늘 우리 곁에 있다. 그믐이 되면 달이 없다고 우리는 간주하기 십상이다. 그러나 달은 늘 우리 주위를 맴돌며 빛을 비춘다. 그믐 뒤에는 달이 가려져 보이질 않는다. 달의 속성은 그 빛을 잘 드러내지 않으려는 데 그 묘미가 있다. 보름달을 보면 벅찬 감동이 일어난다. 그믐이 지난 뒤나 초하루가 시작될 때의 달을 반겨 맞지 않는 게 사람들의 마음이다.

달은 이지러지는 것이 맞다. 그러나 태양은 이지러지지는 않는다. 지평선 너머로 사라질 뿐이다. 달은 차면 이지러진다. 고대의 자전字典인 『석명釋名』에서 위와 같이 풀고 있다. 또한 달은 1,800여 년 전 허신許愼이 지은 『설문해자』에서도 같은 의미로 풀이한다. 달의 속성을 옛사람들은 늘 차 있는 게 아니고 이지러진다고 하였다. 또 『예기』에 달은 서녘에서 생긴다고 나온다. 『회남자』 「천문훈天文訓」에서는 "물의 가장 순수한 정기精氣가 달이 된다"고 하였다. 『주역』의 「계사繫辭」에서는 음과 양의 가장 순수한 정기가 해와 달이 된다고 하였다.

달에 관하여 소동파蘇東坡, 1036~1101의 일화가 있다. 「기승천사야유記承天寺夜遊」라는 글이다. 승천사란 절에서 밤나들이를 했던 모양이다.

원풍 6년(1083년) 10월 12일 밤이었다. 옷을 벗고 자려는데 달빛이 창문으로 들어왔다. 기뻐서 일어났다. 보름달이었나 보다. 생각해 보니 함께 즐길 사람이 없었다. 마침내 승천사承天寺로 가서 장회민張懷民을 찾아갔다. 회민 또한 아직 잠자리에 들지 않고 있었다. 서로 함께 뜰 가운데를 거닐었다. 뜰 아래는 마치 빈 허공에 물이 잠겼는데, 물속에 물풀이 엇갈려 있는 것만 같았다. 대나무와 잣나무의 그림자였다. 어느 날 밤이고 달이 없었으랴. 어디인들 대나무와 잣나무가 없겠는가? 다만 우리 두 사람처럼 한가한 사람이 적었을 뿐이리라.

달빛 괴괴한 밤에 자리에 누우려 하니 달빛이 문 사래를 거우듬하니 비추어 쏟아졌던 모양이다. 뭔가 허전한 느낌이다. 그는 만월滿月의 달이 비치니 누군가와는 달빛이라도 같이 즐기고 싶었을 게다. 그러다 문득 생각하니 벗인 장회민이 머리를 스쳐 갔다. 소식蘇軾은 아우인 소철蘇轍과 함께 자주 승천사에 가서 노닐었던 것 같다. 쿵쾅거리는 가슴을 부여잡고 절집으로 내달았다. 절집 뜰을 거니는데 뜰에는 못이 하나 있었다. 두 사람이 못의 물풀을 보고 있는데 문득 대나무와 잣나무 그림자가 어른거린다. 이에 이들은 이해에 장강長江가에 정자를 하나 지었는데 그 이름이 쾌재정快哉亭이다. 그해 11월 아우인 소철이 「황주쾌재정기黃州快哉亭記」을 짓는다. 필자가 이 문장을 음미하며 풀이를 해보았다.

장강의 물결이 온 강을 적시는 모양이 흡사 바닷물과 닮았다. 흐르는 강물가의 경치를 보더니 나의 형 자첨子瞻이 이름 짓기를 쾌재快哉라고 하였다. 정자에서 보면 남북이 백리, 동서가 하나로 이어지고 세차게 흐르는 물이 사납게 용솟음치고 바람과 구름이 몰려왔다 사라진다. 낮에는 노가 눈앞에서 언뜻 보이다 말다 하고, 밤에는 물고기들이 물 아래에서 슬피 울부짖는다. 변화가 무궁무진하고 마음이 놀라 눈이 휘둥그레져 오랫동안 볼 수 없었다. 서쪽으로는 무창武昌의 여러 뫼가 보이고 산등성이와 구릉이 들쑥날쑥하며 풀과 나무가 줄지어 서 있고 집 연기가 해 오르자 사라지고 어부와 땔나무꾼의 집들이 손으로 셀 수 있을 정도이니 이게 '쾌재'가 아닌가!

선비가 세상에 태어나 제대로 마음을 닦지 못한다면 어딜 가든 마음의 병이 될 게 아닌가! 마음이 평안하고 너그럽다면 외물外物에 본성을 상할 수는 없지. 장차 어디를 가던 마음이 즐겁지 않겠는가! 오늘 그대장회민가 귀양살이를 해도 근심될 게 없네. 그대가 슬기를 발휘한 것을 내 공으로 돌리니 자연에서 노니는 것일세. 그대의 마음 씀씀이가 다른 사람보다 낫네. 비록 모옥을 짓고 깨진 독의 조각으로 바라지창을 내더라도 어찌 즐겁지 않겠는가! 장강의 푸른 물에다 서산에 흐르는 흰 구름을 모아 눈과 귀로 이 절경을 다 보니 즐겁지 않은가! 잇닿은 산과 절경의 골짜기, 기다랗게 펼쳐진 숲의 고목으로 인해 맑은 바람이 떨쳐 일어나고 밝은 달이 비추니 사람들의 자잘한 근심과 선비의 가슴 쓰리고 타는 애간장 쓸어주는데 이보다 더 나은 게 있는가. 새들도 오히려 이 즐거움 맛보질 않는가.

달빛에 이끌려 절집을 찾은 소동파가 결국은 그의 아우와 장회민과 더불어 정자를 짓는다. 윗글에서 달은 이지러지는 게 아니고 사람의 마음을 채운다. 나는 특히 마지막 구절이 가슴에 와 닿는다. "새들도 오히려 이 즐거움을 맛보질 않는가!조도기위쾌야재(鳥睹其為快也哉!)" 여유가 사라지고 멋이 사라지는 요즘이다. 너도나도 물질에 휘둘려 제정신이 아니다. 왜 그리 물질에 바스러지는 육신이 되려 하는가!『주역』에서 "천불생무록지인天不生無祿之人"이라 하였다. 사람은 누구나 먹고 살만한 재능을 지니고 태어난다는 말이다. 달은 이지러져도 다시 뜬다. 달의 이치를 좇아 비우고 또 채우는 묘수를 터득하는 것도 좋다. 태양은 잠시 사라지고 이지러지지는 않는다. 달은 이지러졌다가 다시 실살스러운겉으로만 드러나지 않고 내용이 충실하다 얼굴로 우리에게 온다. 어느 밤이든지 달이 없으랴! 하야무월何夜無月! 시나브로 우리 마음속의 달이 사라지고 있다.

팔여거사八餘居士

내 본디 조용한 것을 좋아하고 번잡한 것을 싫어하였지만, 명예라는 고삐와 굴레에 매여 본성을 잃고 마음에 괴로움이 있었지만 영리營利를 좇아 따르기도 하였다. 스스로 봉록을 받으며 세상에 도움이 되지 못함이 부끄러웠다. 일찍이 산곡山谷의 사휴

정四休亭이라는 시의 서문을 읽어보니 각건^{角巾}을 쓰고 전원으로 돌아가고 싶은 생각이 굴뚝같았다. 뜻하지 않은 화를 당하여 물러나 쉬고 있었는데 소박한 뜻이 마음에 일었다. 눈에 보이는 것과 귀에 들리는 것이 모두 자신에게 맞고 마음을 편안케 한다면 즐겁지 않겠는가! 이에 큰 줄거리를 잡아 팔여^{八餘}라고 스스로 이른다.

이른바 팔여라는 것은 애써 무언가 일을 도모하지 않고, 하늘이 내려준 천성에 따라 고분고분하며, 남과 다툼이 없으며 무얼 하지 말라는 것도 없고, 남의 것을 빼앗거나 훙글방망이놀지_{남의 일이 잘되지 못하게 훼방하다} 않으며, 늘 쓰는 용품이 모자라지도 않으며, 무언가 많이 가져도 싫지 않아 평생의 즐거움을 준다면 마음이 기꺼워져 여유로운 삶이 아니던가! 객이 "무엇이 팔여^{八餘}입니까?"라고 묻자 팔여거사는 아래와 같이 응대한다.

芋羹麥飯飽有餘^{우갱맥반포유여}
토란국과 보리밥을 배불리 먹을 만큼 푼더분하고_{넉넉하다.}
蒲團煖埃臥有餘^{포단난돌와유여}
왕골자리와 따뜻한 온돌에서 잠을 푼더분하게 자고,
涌地淸泉飮有餘^{용지청천음유여}
땅에서 솟아오른 맑은 샘물을 푼더분하게 마시고,
滿架書卷看有餘^{만가서권간유여}
책시렁에 가득한 책을 푼더분하게 보고,

春花秋月賞有餘 춘화추월상유여

봄꽃과 가을 달빛을 푼더분하게 감상하고,

禽語松聲聽有餘 금어송성청유여

새와 솔바람 소리를 푼더분하게 듣고,

雪梅霜菊嗅有餘 설매상국위유여

눈 속에 핀 매화와 서리 맞은 국화 향기를 푼더분하게 맡고,

取此七餘樂有餘也 취차칠여락유여야

이 일곱 가지를 푼더분하게 즐길 수 있기에 '팔여'이다.

이때 객이 자리에 머물러 앉아 있으면서 오랫동안 깊이 생각하더니 다시 앞으로 나아가 말하기를 "세상에는 거사님께서 말씀하신 바와 다른 부류의 사람들이 있습니다."라고 하자 다음과 같이 또 말을 잇는다.

玉食珍羞飽不足 옥식진수포부족

진수성찬을 배불리 먹어도 부족하고,

朱欄錦屛臥不足 주란금병와부족

화려한 집에 비단 병풍을 치고 잠을 자면서도 부족하고,

流霞淸醑飮不足 유하청서음부족

이름난 술을 실컷 마시고도 부족하고,

丹靑畫圖看不足 단청화도간부족

잘 그린 그림을 실컷 보고도 부족하고,

解語妖花賞不足^{해어요화상부족}

아리따운 기생과 실컷 놀고도 부족하고,

鳳笙龍管聽不足^{봉생용관청부족}

좋은 음악을 듣고도 부족하고,

水沈鷄舌嗅不足^{수침계설취부족}

좋고 기이한 향을 맡고도 부족하다 여기고,

有七不足憂不足^{유칠부족우부족}

이 일곱 가지 부족한 게 있다고 부족함을 근심하는 것.

필자가 조선 중기 사람인 김정국金正國, 1485~1541이 쓴『사재집
思齋集』권 3의「팔여거사자서八餘居士自序」라는 글의 원문을 읽다
풀어본다. 1519년 정암靜庵 조광조趙光祖, 1482~1519가 목대를 잡은
여러 사람을 데리고 일을 시키다 기묘사화己卯士禍로 사재 김정국은 지금
의 경기도 고양 땅으로 뜻하지 않는 귀향을 하였는가 보다. 각건
角巾을 쓰고 시골로 돌아가 은둔자의 삶을 살았던 것이다. 각건
을 쓰는 이유는 불의의 세상과는 타협하지 않겠다는 의사표시
이다. 진나라의 역사서인『진서晉書』「왕이王异」전에도 각건이 보
인다. 각건은 방건方巾이라고도 한다. 옛날 은자隱者들은 네 귀퉁
이에 모가 난 관冠을 쓰고 산림山林으로 숨었다. 세상이 지저분하
고 더럽다는 이유에서이다. 그 비분강개悲憤慷慨함이 윗글에 살
며시 엿보인다. 많은 것을 가지고도 남의 것을 더 걸태질염치나 체
면을 생각하지 않고 탐욕스럽게 재물을 마구 긁어모으는 짓하려는 각다귀판서

로 남의 것을 차지하려고 서둘러 덤비는 판을 읊어대고 있다. 점점 금수禽獸와 같이 되어가는 세태를 꼬집은 것이다. 달팽이 뿔 위에서 싸우는 인간의 모습을 적나라하게 그려내고 있다. 인간은 자연의 천리天理를 거스르려 한다. 극기克己의 정신은 없다. 극기는 곧 게염을 이겨내는 것이다. 얼이 빠지고 금전 앞에 개망나니 짓거리를 한다. 돈이면 사족을 못 쓴다. 아예 사족이 뒤틀려 돌아간다. '정구죽천丁口竹天!' 가소可笑로운 짓이다.

문집文集을 번역하며

필자는 작년 7월경부터 한 문집文集을 번역, 풀이를 하고 있다. 약 370년 전의 문집이다. 대개 문집에는 시詩, 부賦, 만사輓詞, 행장行狀, 기記, 잡저雜著, 소疏, 제문祭文, 서序, 묘갈명墓碣銘 등이 들어 있는 게 일반적이다. 만사는 죽은 이를 애도하는 글이며 행장은 죽은 이의 생전 행적을 적은 것이다. 기는 누각이나 정자 또는 여행을 하며 보고 들은 바를 적는 일종의 기행문의 성격을 지닌다. 대개 조선 시대에 발간된 문집을 보면 위와 같은 범주를 크게 벗어나지 않는다. 문집은 이를 쓴 이의 독창적인 생각이나 사상을 담고 있어서 그 인물의 성격, 시대상, 문물, 민생고, 법 제도, 사회 제도 등을 거니챌 수 있는 요긴한 자료가 되기도 한다.

문집을 번역, 풀이하면서 가장 어려운 점이 있다면 글자 한 자 한 자에 깊은 뜻이 스며 있다는 점이다. 그래서 보통 문집 하나를 번역하고 풀이하려면 책을 하나 내는 것 이상의 노력과 철저한 고증이 필요하다. 필자는 이제 막 문집의 1권을 초벌 번역하면서 여간 힘든 작업이 아니라는 것과 섣불리 덤비다가는 큰 코 다칠 수 있다는 것을 깨달았다.

　　문집에는 동양의 문학과 역사 그리고 철학이 웅숭깊이 녹아 있다. 이른바 문文·사史·철哲이 어우러져 있다. 제자백가諸子百家는 물론이고 사서삼경四書三經은 기본적인 단골 메뉴로 등장한다. 여기에 더하여 중국의 25사史의 내용이 어디에서 돌발적으로 튀어나올지 내심 조마조마하다. 아주 진땀을 흘린다. 시 한 수 번역, 풀이에 한 시간 이상을 소모하는 경우도 있다. 이와 같이 관련 자료를 모두 섭렵하고 난 뒤 번역 작업에 들어가면 또 한글로 어떻게 매끄럽게 시나 문장의 의미를 훼손치 않고 풀어 나가느냐의 문제에 직면한다. 어느 정도의 한국어 실력이 있어야 풀이가 매끄러워진다.

　　얼마 전 문집을 풀다 보니 자전字典에도 나오지 않는 한자漢字가 보였다.『강희자전康熙字典』을 아무리 뒨장질하여도 마구 뒤지는 짓을 하다 나오질 않는다. 이거 참 환장할 노릇이다. 그런데 다행스러운 것은 그 글자가 사람 이름이었고 나는 안도의 한숨을 내쉬었다. 만일 그 글자가 문장 중간에 있었다면 문장을 풀지 못하였을 것이다. 국내의 내로라하는 고전번역古典飜譯 관련 정부출연 기관의 연구원들 역시 그 자字에 대하여 모르고 있었다.

필자는 일단 번역, 풀이 작업에 들어가면 문장을 전체적으로 한 번 쭉 훑어본다. 훑다 보면 문장의 전체적인 대의大義가 뇌리에 잡힌다. 그런 다음 하나하나 단어를 일별一瞥하면서 다시 본다. 그 뒤에 문장에서 쓰인 단어가 어디에서 유래되었는지를 다시 살핀 다음 그 출처를 맹렬히 추적한다. 그게 사서삼경이건 제자백가이건 중국의 25사이건 끈질기게 파헤친다. 밥을 먹는 사이에도 잠을 자기 전까지도 문제가 풀리지 않으면 집요하게 고심과 생각을 반복한다. 출처를 모르면 문장을 풀 수가 없다. 모르면 수수께끼 같은 의문만 남으니 끝까지 파헤쳐야 한다.

문집을 번역하고 풀이하는 작업에서 가장 중요한 것은 그 문집이 쓰인 시대 상황을 알아야 한다는 점이다. 그 시대 상황을 모르면 풀이에 큰 오점을 남길 수 있다. 아울러 문집에는 인명人名이 수없이 나오고 지명地名 또한 자주 나온다. 이 문제를 풀려고 필자는 『신증동국여지승람新增東國輿地勝覽』 등 옛 지리 관련 문헌을 참고하고 있다. 특히 지명은 지금 우리가 쓰고 알고 있는 이름과 다른 게 매우 많다. 이 또한 가급적 철저히 고증해야 할 일이니 소홀히 할 수 없다. 인명의 경우에는 정부출연기관인 한국학중앙연구원韓國學中央研究院의 데이터베이스가 유용하다.

넘어야 할 산이 높고도 가파르다. 저 먼 산에 진달래가 피고 울바자에 개나리가 피어도 그 가는 세월을 느낄 수 있을까? 지난至難하고도 고독한 걸음을 한 발짝씩 툭툭 던지며 가고 있다. 돌부리가 채이고 길에 패인 조그마한 웅덩이에 넘어질 수도 있다. 아니면 어찌 피할 수도 없는 커다란 암벽巖壁을 만나기도 할 것이다. 문집의 번역과 풀이는 홀륜탄조鶻圇吞棗가 되어서는 안 된다. 송골매가 대추 씨를 발라내지 않고 그대로 삼키는 일이 되어서는 안 된다. 대추 씨를 발라내듯 치밀한 작업이 되어야 할 것이다.

괄우족려括羽鏃礪

3세기 왕숙王肅, 195~256이 쓴 『공자가어』의 「자로초견子路初見」편에 나오는 대목을 필자는 원문을 보며 아래와 같이 푼다.

자로子路가 공자를 만났다. 공자가 "그대는 무엇을 좋아하고 즐기는가?" 하고 물었다. 자로가 대답하기를 "긴 칼 쓰기를 좋아합니다." 그러자 공자가 "나는 그런 걸 물어본 게 아니다. 그대가 잘할 수 있는 게 무엇인가를 물었다. 그대가 잘하는 것에 학문을 더하면 어찌 더 좋지 않겠는가?"

자로가 "배워 무슨 이득이 있습니까."라고 하자 공자가 "무릇 임금이란 간언을 하는 신하가 없으면 올바름을 잃게 되고, 선비가 가르침을 주는 벗이 없으면 남의 말을 귀 기울여 듣지 못하는 것이다. 사나운 말을 제어하기 위해서는 채찍이 없으면 안 되고 활시위를 바로 잡는 데 도지개가 없으면 안 된다. 나무는 먹줄을 튕겨야 곧아지고 사람은 간언을 받아들여야 덕이 뛰어나게 된다. 배우며 거듭 질문을 하면 그 누가 하늘의 이치를 거스를 수 있는가? 어짊을 해치고 선비를 미워하면 반드시 형벌을 받게 될 것이니 군자는 배우지 않을 수 없다."라고 말하였다.

자로가 말하기를 "남산에 대나무가 있는데 뻣뻣하여 곧아 이를 잘라 쓰면 무소의 가죽도 뚫게 된다. 이를 근거로 말하면 배움에 무슨 득이 있겠는가?" 공자가 말하기를 "그 대나무 다듬어 끝에 깃을 달고 화살촉을 달아 날카롭게 갈면 어느 것도 뚫지 못하는 게 없다."라고 하자 자로는 두 번 절을 하며 "선생님을 공경하며 가르침을 받겠습니다."라고 하였다.

가르침을 주는 벗이 없으면 오만방자하게 된다. 사람이 독선을 고집함은 바로 누군가 곧은 말을 하는 이가 없어서이다. 자로는 야인野人이었다. 제멋대로 행동하는 이였다. 공자를 처음 만났을 때 닭 볏 모양의 모자를 쓰고 공자를 을러 두들겨 패려고 한 사람이다. 이런 거친 야인을 배움의 길로 인도한 이가 공자였다. 사士는 갑골문을 보면 도끼 모양의 군사용 무기이다. 사는 곧 군인이며 야인의 계열이다. 이런 사를 군자로 만드는 게 유교이다. 공자는 이런 자로를 군자의 반열에 올려놓으려 하였던 것 같다. 자로는 자신을 대나무에 빗대어 아주 강직하고 곧은 이라고

하였다. 그런데 이를 바라보는 공자의 눈에는 자로가 한낱 무용
武勇이나 뽐내는 뒷골목의 패거리 깡패로 보였던 것이다. 대나무
가 곧기는 하지만 잘 다듬으면 화살이 될 수 있다는 점을 일러주
는 장면이다. 대나무 꽁지에 깃을 달고 화살촉을 달면 뚫지 못
하는 게 없는 무기가 된다는 비유로 배움을 권유하고 있다. 깃
과 화살은 배움이요, 대나무는 곧 자로와 같이 배움이 부족한 거
칠고 비천한 사람인 것이다. 공자는 대나무에 괄우족려括羽鏃礪
를 하려고 한 것이다. 공자는 자로와 같은 무뢰배 대나무를 다듬
어 깃을 달고 화살촉을 끼워 더 깊은 인간의 내면을 살찌우려 한
것이다. "배움이 부족하면 만인의 적이 된다." 이것은 항우項羽가
한 말이다.

학문이란 무엇인가? 필자는 학문을 곰곰이 생각하며 다음과
같이 문장을 지어 소회를 풀어보았다.

학문은 인仁이 앞서야 한다. 필자는 이를 행하지 못하니 배워서 뭘
하겠는가!위학요선진이인의 어부득이행지 하위이학호爲學要先進以仁矣 余 不得
而行之 何爲以學乎)

오늘 아침, 이 참담함을 다시 느끼니 눈물이 뺨에 흐른다. 책을 덮
고 산야山野에 사는 게 더 낫지 않을까금조오심첩위추창이체이수어협이
엄황권이거산야심가의(今朝吾心輒爲惆愴而涕洟垂於頰耳 掩黃卷而居山野甚可矣)

『주역』에서 "배워 지식을 모으고, 물어서 사물의 이치를 가려내며, 너그러운 마음으로 살며, 어짊으로 실천하라^{역운 학이취지 문이변지 관이거지 인이행지(易云 學以聚之 問以辨之 寬以居之 仁以行之)}"고 하였다.

인을 행하라는 게 공자^{孔子}의 인을 체득하는 것이다. 불인^{不仁}한 사람이 배워서 뭘 하나^{거이유인자 시부자지체인야 불인지자하감위학호(居而由仁者 是夫子之體仁也 不仁之者 何敢爲學乎)}?

지식만을 미친 듯이 탐하여 얻은 게 무엇인가! 이는 광혜치선^{狂慧癡禪}일 뿐이다^{지사광골어지 하유지득호 시광혜치선이이(只似狂汨於知 何有之得乎 是狂慧癡禪而已)}.

내 어짊은 마음에 눈곱만큼도 없으니 천리^{天理}를 따라 욕심을 없애고자 하나 스승과 공자님께 부끄럽지 않은가^{여아무인이유치 장욕수천리이극기 연하감괴어함장급선사호(如我無仁以有眵 將欲隨天理而克己 然何不敢愧於啣丈及先師乎)}!

『논어』에 "어질지 못한 사람은 오랫동안 곤궁에 처할 수 없고 오랫동안 즐거움에 처할 수 없다."라고 하였다. 이래서 무슨 일을 할 것인가^{논어운 불인자 불가이구처약 불가이장처락 시이하사도남재(論語云 不仁者 不可以久處約 不可以長處樂 是以何事圖南哉)}!

인간의 내면을 살찌우는 어짊이 없이 어찌 학문을 한다는 말인가! '광혜치선狂慧癡禪'이란 말이 있다. 미친 사람처럼 지식이나 탐하고 바보같이 묵언 참선을 한다는 말이다. 작금의 학문하는 이들은 이단에 빠져들고 있다. 말단지엽을 붙좇고 학문의 근본을 내팽개치고 있다. 선비라는 말은 수양이 덜 된 사람을 뜻한다. 공자께서는 사士를 군자君子로 만들려고 한 사람이다. 선비는 고대 지식계층에서 최하위의 개념, 곧 무기를 들고 전쟁터로 나가는 이들이었다. 그다음의 단계가 군자이다. 유학儒學은 선비를 쇠를 담금질하듯 군자를 만드는 학문이다. 붓질이나 좀 한다고 선비라고 할 수 있는가! 자로와 같은 야인에 지나지 않는다. 기철학氣哲學을 처음으로 주창한 송나라 장재張載, 1020~1077는 인간의 존엄을 지켜주고 사해동포四海同胞라는 형제애를 지녀야 한다고 하였다. 이를 이루기 위해 공자는 인仁을 앞세워 괄우족려括羽鏃礪를 하려한 것이다. 옛날의 배움은 이러하였다. 지금의 배움은 한낱 잡기雜技에 불과하다.

봄바람

봄바람이 인다. 봄바람은 부는 게 아니라 인다는 표현을 쓰는 것이 맞는 듯하다. 봄 산은 검푸른 빛깔의 눈썹 먹처럼 우리에게 다가오고 있다. 봄은 곧 생명을 틔우고 사랑을 느끼게 하고 욕망을 드러내 주는 계절의 말이이다.

동양학에 보이는 봄바람은 어떤 의미일까?『예기』「월령月令」에 "음력 1월에는 동풍이 불어와 얼음이 풀린다맹춘지절 동풍해동(孟春之月 東風解凍)"고 하였다. 동풍은 곧 봄바람이다. 봄바람이 불어오기 때문에 얼었던 얼음이 풀린다고 하였다. 풍風자를 잘 살펴보면 "바람이 일면 벌레가 생긴다"고 고대 자전字典인『설문해자』에서 풀이하고 있다.

바람은 기氣이다. 천지에서 나오는 자연현상이다.『장자』「제물론」에서 "대지가 내쉬는 기를 바람이라 한다대괴희기 기명위풍(大塊噫氣 其名爲風)"고 하였다. 바람은 기를 머금고 생명의 움을 틔운다. 기가 모이면 무언가 이루어진다. 기가 흩어지면 죽음이 온다.『장자』「지북유」에 보이는 대목이다. 이제 우리는 기가 모인 봄바람을 맞고 있다. 겨우내 꺾였던 양의 기운이 굳세고 부드러운 기운으로 대지에 발걸음을 하고 있다.

봄바람은 여러 이름으로 불린다.『초학기初學記』에 봄바람의 종류를 열거하고 있다. 양풍陽風, 춘풍春風, 훤풍暄風, 유풍柔風, 혜풍惠風 등으로 불리고 있다. 봄바람의 양상이 참 여러 가지이다. 운치가 있는 봄에 대한 표현이자 봄바람에 맞는 비유이다. 봄바람이 주는 혜택이 이리도 다양할 수 있는가! 양陽은 동짓달을 지난 벅차오르는 생명의 기운찬 모습이며, 춘春은 생명의 움이며, 훤^暄은 따뜻한 봄 햇살을 이르며, 유^柔는 귓불을 간질이는 것이며, 혜^惠는 만물에 골고루 봄기운을 주는 것으로 필자는 풀이한다.

옛날 문인들은 봄바람을 참 아름답게 표현을 하고 있다. 남조^{南朝} 양나라의 하손^{何遜, 480~520}은 「봄바람을 노래함^{詠春風}」에서 "들을 수는 있으나 볼 수는 없고, 무거울 수도 있고 가벼울 수도 있네^{가문불가견 능중부능경(可聞不可見 能重復能輕)}."라 하였고, 청나라의 소태^{邵泰, ?~?}는 "봄바람은 어디에서 왔는가, 지나가도 자취를 남기지 않나니^{춘풍종하사 소과불류적(春風從何事 所過不留跡)}."라고 하였다.

송나라의 진여의^{陳與義, 1090~1138}는 「술을 대하며^{對酒}」라는 시에서 "제비가 처음 돌아오고 바람은 방향 없이 부는데, 복사꽃이 피려 하고 비가 자주 내린다^{연자초귀풍부정 도화욕동우빈래(燕子初歸風不定 桃花欲動雨頻來)}."라고 초봄의 경치를 읊었다.

다음은 당나라 백거이^{白居易, 772~846}의 입에서 나온 「관청의 서쪽 연못^{府西池}」이라는 시이다. 이 시를 감상하며 진정으로 봄을 맞이하여 보자.

柳無氣力枝先動^{유무기력지선동}
버들이 부드러워지니 가지가 먼저 움직이고

池有波紋冰盡開^{지유파문빙진개}
연못에 물결 일어 얼음이 모두 풀렸네.

今日不知誰計會^{금일부지수계회}
누군지 모르나 마침 오늘에 맞추어

春風春水一時來^{춘풍춘수일시래}
봄바람과 봄 강물이 한꺼번에 왔네.

봄바람이 부드럽게 속삭이니 버들개지가 미동微動하는가 보다. 봄바람에 얼음이 풀린다. 보이지 않게 우리 곁으로 어느새 봄바람이 온다. 하지만 때맞추어 온다. 겨우내 얼었던 강에 봄바람이 오니 강물이 일렁인다. 사시四時의 운행이 이렇다. 자연은 어김이 없다. 다만 인간이 자연을 거스르려 하고 있다. 자연의 움직임은 이렇듯 일정하다. 불변不變의 철리哲理를 지닌 자연의 위대함에 숙연肅然해진다.

지금은 제비를 보기가 어렵다. 예전에는 봄이면 늘 초가집 처마에 제비가 찾아왔다. 이제는 제비를 볼 수 없으니 참 아쉽다. 버들개지에 물이 오르고 땅 밑에서는 온갖 식물들의 움이 쑥쑥 땅거죽을 뚫고 올라오고 있다. 나뭇가지에는 생기生氣한 기운의 푸릇푸릇한 빛깔이 돋고 있다. 따사로운 봄볕에 더욱 푸른 기운이 생동하고 있다.

그런데 3월 5일에 꽃샘추위가 왔다. 이에 필자는 꽃샘추위에 관하여 다음과 같이 문장을 지어 소회素懷를 풀어본다.

昨峭寒至 東風而未凍解矣 春來不似春 是以謂也 작초한지 동풍이
미동해의 춘래불사춘 시이위야

어제 꽃샘추위가 왔으니 봄바람이 불어도 얼음이 녹지 않은 걸까.
봄이 와도 봄 같지 않으니 이를 이름인가.

將發嫩綠枝頭而輕寒在梢也 장발눈록지두이경한재초야
나뭇가지에 파릇한 움을 틔우려 하나 꽃샘추위가 가지 끝에 걸려
있고

爲悚爲愴 是冬之淋且瀝乎 冬與春搏戰矣 위송위창 시동지임차역호
동여춘박전의

두렵고 슬프니 이게 겨울의 추깃물이 아닌가! 겨울과 봄이 드잡이
서로 머리나 멱살을 잡아 휘두르며 싸움를 하고 있나 보네.

『천자문』, 어떻게 볼 것인가?

동양학의 기초라 할 수 있는 『천자문』은 과거에 한문을 배우
는 초학자들에게는 가장 기초적인 학습 과정으로 여겨졌다. 하
지만 필자는 『천자문』을 보면서 이를 제대로 이해할 수 없었다.
국내에 나오는 해설서가 중구난방衆口難防으로 해설이 되어 있어
체계적이지 못하고 이 사람이 쓰면 이렇게 풀이되고 저 사람이
쓰면 저렇게 해석되는 것이어서 도무지 종잡을 수 없는 혼란에

빠졌다. 그리하여 필자는 과연 『천자문』이 어떻게 되어 있기에 저마다 풀이가 다를까 궁금하였다. 아니 천자문 책을 집필하면서 상당히 고심하였다고 할 수 있다.

『천자문』의 첫 구절부터 마지막 구절까지 완벽한 해설과 글귀의 출처를 모조리 탐색하였다. 그 결과 아주 놀라운 사실들이 하나하나 벗겨지기 시작하였고 아연실색하였다. 첫 구절부터 마지막 구절까지 모두 사서삼경은 물론 제자백가, 시, 부, 문집, 역사, 철학, 문학 등이 모두 어우러진 하나의 합주곡이었던 셈이다. 철저하게 자료의 출처를 모조리 밝히고 관련된 글을 모두 원문을 빌려 번역하고 각주^{脚注}를 빠짐없이 달았다. 기존에 출간된 천자문 관련 서적을 탐독하였지만 속 시원하게 천자문을 모조리 풀이한 서적은 눈을 씻고 봐도 없었다. 어떤 도서는 천자문과는 동떨어진 사실을 나열하기도 하고 대부분 겉도는 이야기만 적었다. 아예 상식 밖의 이야기를 늘어놓았으니 대경실색^{大驚失色}을 하였다. 아마도 천자문을 만만히 보았던 모양이다.

다산 정약용^{丁若鏞, 1762~1836} 선생도 그의 저서 『다산시문집^{茶山詩文集}』권 22 「천문평^{千文評}」에서 『천자문』은 어린 아동들이 보기에는 맞지 않는다고 하였다. 다산 선생은 "우리나라 사람들은 주흥사가 지은 천자문을 가지고 어린 아동들을 가르치는데 천자문은 어린 아동들이 볼 성질의 글이 아니다^{아방지인 득소위주흥사천문 이수동유 이천문비소학가류야(我邦之人 得所謂周興嗣千文 以授童幼 而千文非}

^{小學家流也})."라고 말한다. 이 이야기는 곧『천자문』이 동양학의 웬만한 부문을 아우르고 있다는 방증이 된다고 볼 수 있다. 동양의 문학과 역사 그리고 철학이 녹아 있는 글을 어떻게 어린 학동들이 배울 수 있느냐는 말이 된다. "천자문을 다 읽고도 글자 하나도 알지 못한다^{고독천문이 유일자부지야(故讀千文已 猶一字不知也)}"고 다산 선생은 꼬집고 있다. 3년 반 동안 집필을 하면서 필자는『천자문』의 깊은 속내를 훤히 들여다보는 계기가 되었다. 동양학을 공부하려는 이들은 그 근본을 보는 습성을 지니고 깊이 탐구하는 자세를 갖추어야 할 것이다.『천자문』을 읽은 것이 맹자가 말한 "인간 본연의 잃어버린 심성을 찾는^{구방심(求放心)}" 계기가 되었으니 참으로 좋다. 아래의 글은 수년 전에 필자가 집필을 마치고 출간을 한『천자문』의 머리말이다.

> 동양학은 무엇인가? 그것은 인간의 가장 본질적인 심성을 바루며, 일깨우는 철학적 사유를 제공해 주는 자양분과 같은 것이다. 『천자문』은 흔히들 한두어 번 보는 것으로, 아니면 단순히 글자만을 익히려고 보는 경우가 많다. 사실은 그렇지 않다. 천 년 이상을 뿌리내려온 우리네 사상의 근원이 배어 있는 동양학의 보고^{寶庫}이다. 웅숭깊은 동양 철학의 핵심이 집적된 사유의 산물로서 쓰인 명문장이다. 그 안에는 문학과 철학 그리고 우리가 자라고 살아온 역사가 반듯이 자리하고 있다. 이는 동양학의 곳간과 같고, 마음의 양식이 쌓인 노적가리와 같은 것이다. 사서오경은 물론 제자백

가의 사상과 문학과 역사를 담아 우리네 삶을 단적으로 보여주는 깊은 철학의 도가니인 것이다. 상당히 도가니적인 성격이 농후하다. 문학과 역사 그리고 철학이라는 재료가 알맞게 섞이어 하나의 그릇을 만들어내듯 우리네 삶을 제대로 조명해 낸 하나의 걸작이자 명품과 같다.

천자문은 하늘과 땅이 처음 열리고 인간이 옷을 만들어 입고 문자를 발명하고 하는 등속의 인류의 탄생 과정을 그렸으며, 도둑이 없고 집집이 울타리가 없으며, 죄짓는 이가 없고 생산한 것을 서로 고루 나누어 가지는 이른바 대동大同의 누리를 그려내고 있다. 그러나 후대에 오면서 이러한 대동의 누리가 법과 도덕과 윤리를 지닌 소강小康의 누리로 변화하는 과정을 이 글에서는 풀어내고 있다. 인류의 사회는 이와 같이 대동에서 소강의 누리로 변화해 온 질곡桎梏의 역사이다.

배움은 글깨나 읽은 사람이 하는 것이라고들 한다. 본래 인간이 지녔던 선한 마음을 찾고, 저 멀리 고대 사회에 있었던 인간 본연의 모습을 향해 거슬러 올라가는 과정이 바로 배움의 진정한 목적이다. 현재 동양 고전을 읽는 우리는 본래 지녔던 선한 마음의 뿌리를 찾아가고 있는지도 모른다. 아니 찾아야 마땅한 것이다. 『맹자』의 「고자 상」편에서는 "배운다는 것은 다른 것이 아니라 바로 그 잃어버린 마음을 되찾는 것일 뿐이다."라고 말한다. 배움을 가장 적절히 대변해주는 말이다. 잃어버린 뿌리를 되찾아 함양해야 함을 역설한 대목이라고 할 수 있다. 배움은 곧 수양의 과정이며 잃어버린 마음을 제자리에 돌려놓는 것이다. 배움은 곧 남에게 보

이기 위한 것이 아닌 자신의 수양을 위한 것이어야 한다고 공자께
서도 역설하였다.

이 글에서는 인간 본연의 심성, 부모와 자식 간의 관계, 형제
간의 우애 및 벗과의 관계 등을 그려내고 있다. 또한 우리네 민
초들이 삶을 어떻게 살아야 하는지, 왕후장상王侯將相의 삶은 어
떠한지, 한 나라의 임금은 어떻게 백성을 다스려야 하는지에 관
한 대목도 담담히 그려내고 있다. 역사를 이야기하는 대목에서
는 수많은 위인이 어떻게 옳은 처신을 했는가를 보여주어 지금
우리네 위정자들이 배워야 할 덕목이 무엇인지 가리키고 있다.
이는 현 위정자들의 폐부에 비수처럼 박혀들 것이다.

동양학의 뿌리는 매우 견고하다 못해 숫제 철옹성과도 같다.
그 웅숭깊은 심연의 바다에서 거두어 올릴 사유의 편린片鱗은 무
궁무진하다. 외국의 석학碩學들이 동양학에 심취하는 것은 어쩌
면 당연한 일인지도 모른다. 이는 동도서기東道西器의 뿌리가 있
기 때문이리라. 동양학의 뿌리 깊은 나무에 튼실한 과실이 열리
기 시작한다. 동양학적인 사유가 영글기를 바란다.

배추김치에 관하여

우리네 밥상에 빠짐없이 올라오는 배추는 언제 우리나라에
들어왔는가? 배추는 한자로 숭菘이라고 부르는데 다산 정약용

의 『다산시문집茶山詩集文』에도 숭엽菘葉이라 하여 '배추'의 다른 이름이 보이기도 한다. 필자가 숭에 관하여 자료를 뒤짐질해 보니 『비아埤雅』라는 책에 "배추는 육질이 풍부하여 겨울에도 시들지 않고 사계절 내내 볼 수 있다. 소나무와 같이 늘 푸른 절조節操가 있다숭성융동부조 사시장견 유송지조(菘性隆冬不彫 四時長見 有松之操)."라고 나온다.

배추는 언제부터 심었을까? 아래의 서거정徐居正, 1420~1488의 시를 읽어보면 5~6세기 무렵 중국의 남북조 시대에는 남쪽에서 배추 재배가 이미 성행하였음을 알 수 있다. 7~10세기에는 배추가 북부 지방에도 전파되었다고 한다. 우리나라에서는 13세기경 『향약구급방鄕藥救急方』에 배추와 관련된 문자인 '숭'이 처음으로 등장하였다. 그 당시에는 채소가 아닌 약초로 이용되었다고 한다. 숭채菘菜에 대한 기록이 있는 문헌으로는 16세기의 문헌인 『훈몽자회訓蒙字會』가 있다. 여기에는 중국에서 도입된 무역품의 하나로 숭채 종자가 포함되어 있었을 것으로 추정되고, 그 후 중종 때와 선조 때에도 숭채 종자가 중국으로부터 수입되었다는 내용이 나와 있다. 17세기 문헌인 『한정록閑情錄』「치농편治農篇」에 숭채와 함께 배추가 처음으로 등장하고 있으며, 7, 8월에 파종하는 것으로 기록되어 있다. 이 밖에 박세당1629~1703의 『색경穡經』, 박지원1737~1805의 『연암집燕巖集』, 홍석모1781~1857의 『동국세시기東國歲時記』 등에도 배추에 대한 기록이 있다. 고춧가루를 넣은 배추김치는 조선 중기 이후에 만들기 시작했다는 기록이 있다. 실제로 배추를 심어 배추김치를 만들어 먹기 시작한 때는 조선 초기 때부터 인듯하다. 배추가 중국의 북부 지역에 전파된 것이 대략 7~10세기였고 그 이후 약 3백 여 년이 지난 후인 조선 초기에 한반도로 전파되었을 가능성이 대단히 높다는 것이다.

봄의 배추김치는 어떤 맛일까. 아래의 시를 음미하며 입맛을 다시어 본다.

生菘青間白 생숭청간백
청색 백색이 섞인 싱싱한 배추를

一一飣春盤 일일정춘반
일일이 봄 쟁반에 담아 올리는데

細嚼鳴牙頰 세작명아협
살살 씹으면 어금니에서 아삭아삭

能消養肺肝 능소양폐간
소화를 잘 시켜 폐와 간에도 좋은 걸

誰知能當肉 수지능당육
고기와 맞먹는 거야 누가 알랴만

亦足勸可餐 역족권가찬
밥 많이 먹으라고 권할 만도 하구려

周郎先得我 주랑선득아
주랑이 내 마음을 먼저 얻었도다

歸去亦非難 귀거역비난

돌아가는 게 어려운 일도 아니건만

위의 시는 서거정이 쓴 『사가집四佳集』 권 13 「주소팔영廚蔬八詠」에 보이는 것으로 부엌에서 만들어내는 배추김치를 묘사하고 있다. 위 시에서 주랑은 주옹周顒, 473년 전후 사람을 말한다. 『남사南史』 권 34 「주옹열전周顒列傳」에 의하면, 문덕태자文德太子가 일찍이 주옹에게 채식 중에 어떤 나물의 맛이 가장 좋더냐고 묻자, 주옹이 대답하기를 "초봄의 이른 부추나물과 늦가을의 배추였습니다.춘초조구 추말만숭(春初早韭 秋末晚菘)."라고 했다고 한다.

늦가을 늦사리제철보다 늦게 농작물을 거두어들임로 거두어들이는 배추 맛은 어떨까. 역시 배추는 가을볕을 받아 자란 배추가 제맛을 내며 입맛을 구쁘게허전하여 자꾸 무엇이 먹고 싶다 하는가 보다. 오늘 늦은 밤 칼럼을 집필하는 필자가 공복감을 느끼며 입에 침이 고이려한다.

西風吹送晚菘香 서풍취송만숭향

서풍이 늦가을 배추 향기를 솔솔 불어오자

瓦甕鹽虀色政黃 와옹염제색정황

항아리에 김치 절여 색깔이 한창 노랗네

先我周顒曾愛此 선아주옹증애차

주옹이 나보다 먼저 이것을 좋아했거니와

嚼來滋味敵膏粱 ^{작래자미적고량}

씹어 먹으니 맛이 고량진미와 맞설 만하네

『사가집』권 50 「촌주팔영^{村廚八詠}」에 보인다. 시골 부엌의 가을 풍경을 읊고 있다. 역시 노랗게 고갱이 꽉 찬 서리 내릴 무렵의 가을배추가 좋다. 항아리에 소금으로 절인 노란 배춧속이 맛깔나게 보이는 풍경이 눈에 아른아른하다. 천오백 년 전의 중국 사람 주옹^{周顒}이 한반도의 김치 맛을 알까? 요즘에는 김칫독 대신 김치 냉장고가 널리 보급되어 있는데 뒤뜰이나 앞마당에 구덩이를 파고 묻은 항아리 김치 맛에 비할 바가 못 된다. 아으, 그때 그날이 왜 이리 가슴 저리게 그리워지는 걸까.

민음호말^{民淫好末}

"백성들은 음란하고 말단지엽적인 것을 좋아하고 사치에 골몰하여 본업에 힘쓰지 않고 밭은 갈지 않으며 남자와 여자는 치레하는 것을 자랑으로 여기고 집에는 제사에 쓰이는 제구^{祭具}가 없고 방안에서는 거문고소리가 늘 울리니, 이는 초나라와 조나라의 백성과 같은 삶을 사는 게 아닌가.^{민음호말 치미이불무본 전주불수 남녀긍식 가무두소 명금재실 시이초조지민(民淫好末 侈靡而不務本 田疇不脩 男女矜飾 家無斗筲 鳴琴在室 是以楚趙之民)}!"

한나라 선제^{宣帝, 기원전 73~49} 때 환관^{桓寬, ?~?}이 펴낸『염철론^鹽
^{鐵論}』「통유제삼^{通有第三}」의 원문을 읽다 보니 이 나라 사람들의
면면을 콕 짚어내어 노골적으로 당시 백성들의 생활상을 그려
내고 있는 듯하다. 초나라는 저 중국 강남 지역의 미개한 나라로
예부터 중원의 멸시를 받았지만 백성들은 사치와 향락을 즐기
는 이들이었다. 이 모습이 작금의 이 나라 공직자들의 자화상인
것 같아 씁쓸하다.

"무항산^{無恒産}이면 무항심^{無恒心}"이라 하였다.『맹자』의「양혜
왕 상」편에 보이는 대목이다. 일정한 재산이나 직업이 없으면 필
요 이상으로 재물에 마음을 쓰게 되어 늘 떳떳하고 바른 마음을
지니기 어렵다는 말이다. 위에서 말한『염철론』의 대목은 곧 맹
자가 말한 "무항산 무항심"의 대목과 통하는 걸까? 의문이 든다.

근래 이곳 충주에서는 공무원의 음주운전, 성추행 등 공직
인사로서는 하지 말아야 할 일련의 사태들이 일어났다. 이들 공
직자는 일정한 직업과 먹고살 만한 재물을 지녔다. 이들은 곧
'유항산^{有恒産}'에 속하는 이들이다. 일정한 직업과 재물을 지녔는
데도 '무항심^{無恒心}'을 지니는 이유가 뭘까?

그 이유는 조선 초기의 대학자인 서경덕^{徐敬德, 1489~1546} 선생
이 설파한 기가 빠져 그런 것이라 단정 지을 수 있다. 화담 선생
은 "기가 모이면 맑고 깊어서 비어있는 듯 끝내 흩어지지 않는다
^{취지담일청허자 종역불산(聚之湛一清虛者 終亦不散)}."라고 하였다. 이는『화

담집花潭集』권2에 보이는 기에 관한 짧은 꼭지이다.

동양학에서 기는 여러 어석으로 분석되고 풀이되고 있다. 대략 기는 음과 양의 조화로 이루어진 것으로 본다. 하지만 필자는 기를 성리학에서 말하는 칠정七情으로 풀이한다. 칠정은 곧 기쁨, 성냄, 슬픔, 두려움, 아낌, 미움, 욕망을 이른다. 너무 어려운 얘기여서 여기서는 이를 다 말할 수 없다. 좀 더 쉬운 풀이가『장자』의「지북유知北游」에 나오는데 "기가 모이면 살아남게 되고 기가 흩어지면 죽게 된다취즉위생 산즉위사(聚則爲生 散則爲死)."라고 한다. 기가 넘치면 기고만장氣高萬丈하게 된다. 곧 중용의 도를 잃게 되는 것이다.

화담 선생이 말한 "기가 제대로 융합하여 모이면 맑고 깊어서 비어 있는 듯 끝내 흩어지지 않는다."라는 대목은 살아 있는 기의 본체이다. 기가 차면 어리둥절해지고 말문이 막힌다. 기고만장해지면 눈에 뵈는 게 없다. 바로 기가 흩어져 모이지 않은 얼빠진 상태가 되는 것이다. '유항산有恒産'인데 어째서 공직자들이 기가 찬 작태들을 벌이는가? 아울러 왜 '무항심無恒心'이 될까? 이는 기가 제대로 융합되어 모이지 않아 얼이 빠진 상태이기 때문이다.

본 글의 맨 위에 언급한 환관의 말은 백성들이 하는 행태가 아니라 바로 공직 인사들의 행태를 말한 듯하다. 백성들의 피고름 짜기는 예전이나 지금이나 똑같다. 각 지방자치단체에서 벌이는 여행을 가장한 해외연수는 크나큰 사회의 해악害惡이다. 춘향전에 "금 술동이 좋은 술 만백성의 피요, 촛농 떨어질 때 백성들 눈물 떨어지네금준미주천인혈 촉루락시민루락(金樽美酒千人血 燭淚落時民淚落)!"라는 구절이 나오는데 오늘날에도 공직자들은 악惡을 솔선수범하고 있다. 필자는 악을 행하는 공직자들에게 이런 말을 해주고 싶다. "오늘날 벼슬 사는 작자들이란 송사리보다 못하네금지관작자 불여세조야(今之官爵者 不如細鰷也)!" 아니 그저 법망을 교묘히 빠져나가고 공직 사회가 감싸 도는 송사리 같은 '여세조如細鰷'랄까? '민음호말民淫好末'이 아니라 '관음호말官淫好末'이라고 해야 할 듯하다.

회사후소繪事後素

눈을 그리는 이는 눈의 맑음을 그리지 못하고회설자불능회기청(繪雪者不能繪其淸)

달을 그리는 이는 달의 밝음을 그리지 못하며회월자불능회기명(繪月者不能繪其明)

꽃을 그리는 이는 꽃향기를 그리지 못하고회화자불능회기형(繪化者不能繪其馨)

샘을 그리는 이는 샘물 소리를 그리지 못하며회천자불능회기성(繪泉者不能繪其聲)

사람을 그리는 이는 마음을 그리지 못하니^{회인자불능회기정(繪人者不}
^{能繪其情)}

언어와 문자로서는 속에 품은 감정을 이루 다 말할 수 없는 것
이다^{연즉언어문자 고부족이진도야(然則言語文字 固不足以盡道也)}.

송나라 때 나대경^{羅大經, 1196~1242}이 지은 『학림옥로^{鶴林玉露}』
권 6에 보이는 대목이다. 모든 사물은 그 바탕에 수수함과 진정
성을 지니고 있다. 사람의 눈으로는 볼 수 없는 갈피가 숨어 있
는 것이다. 사물의 겉모습은 그 본디 모습을 드러내지 않으므로
그림을 그리는 이가 사물의 진정한 내면을 꿰뚫을 수는 없다. 내
면을 꿰뚫는 것은 바로 입신^{入神}의 경지에 이르는 것과 같다. 눈
의 맑음, 달의 밝음, 꽃향기, 샘물 소리, 사람의 마음은 그림으로
표현하기 어려운 일이다. 나대경은 『논어』의 회사후소^{繪事後素}의
대목을 가지고 위와 같이 풀고 있다.

『논어』 「팔일^{八佾}」편에 "자하가 묻기를 '예쁜 웃음에 보조개
가 예쁘며 아름다운 눈에 눈동자가 선명함이여! 흰 비단으로 현
란하게 치장을 하였네'라고 하였는데 무엇을 말한 것입니까?'
라고 하니, 공자가 말하길, '그림 그리는 일은 흰 비단을 마련하
는 것보다 뒤에 하는 것이니라.' 자하가 다시 묻기를, '예가 나중
이군요.'라고 하자 공자가 말하길, '나를 일으키는 자 상(자하)이
로구나! 비로소 시를 말할 만하다.'"라고 하였다. 이것은 시를 두

고 공자와 자하^{子夏, 기원전507~420}가 나누는 대화이다. 아름다운 여인의 모습을 그리는 것보다는 예^禮를 나중에 행하여야 함을 말하고 있다. 여기에서의 논점은 예^禮가 아니다. 이는 『시경』「석인^{碩人}」편의 시이다. 자하가 언급한 이 시는 『춘추좌씨전』 은공^{隱公} 3년 조에 그 내막이 다음과 같이 나와 있다.

> 위^衛나라 장공^{莊公, 기원전757~735}이 제나라 태자 득신^{得臣}의 누이동생을 부인으로 맞이하여 그녀를 장강^{莊姜}이라 하였다. 그녀는 매우 아름다웠으나 아들을 낳지 못하였다. 위나라 사람이 그녀를 위하여 이 시를 지었다.

여기에서 아름다운 미모는 지녔으나 아들을 낳지 못하는 장강을 두고 예^禮, 즉 후사를 잇지 못하는 일은 나중의 일이라고 한다. 곧 장강이 아들을 낳지 못하는 괴로움을 읽어내는 자하의 심성을 꿰뚫어 본 게 공자이다. 예는 나중 일이니 장강의 괴로움이 얼마나 컸으랴, 하는 공자의 인간적인 냄새가 풍긴다. 시가 지닌 함축적인 의미를 잘 읽었다는 공자의 자하에 대한 칭찬이다. 시는 곧 시를 쓴 이의 내면을 읽는 것이다.

삼라만상의 자연물과 인간의 참모습은 그 내면을 읽어 헤아리기가 여간 어려운 게 아니다. 이에 관하여 공자는 『주역』「계사 상^{繫辭上}」에서 "글로써는 사물의 본디 모습을 다 표현할 수 없고, 말로써는 가슴속 뜻을 다 나타낼 수 없으니 성인의 뜻은 알 수 없는 것인가? 그렇지 않다. 성인은 사물의 모습을 또렷이 정립하여 그 뜻을 모조리 표현하고 괘卦를 만들어 거짓과 본질을 다 표현하며 말을 이에 덧붙여 말을 극진히 한다."라고 하였다.

"서부진언 언부진의書不盡言 言不盡意." 글로써 사물의 본모습을 다 말할 수 없고, 말로써 속마음을 다 표현할 수는 없다. 공자도 사물을 잘 읽어내는 게 힘들다고 윗글에서 말하고 있다. 그래서 공자는 성인聖人만이 사물의 본모습을 읽어낼 수 있다고 한다. 그림을 그리든 말을 하든 글을 쓰든 사물의 참모습을 그려내는 것은 어렵다. 어떤 일이든 바탕이 이루어진 다음에 일을 도모할 수 있다. 바탕이 없으면 서기가 어렵고 그냥 무너진다. 흰 바탕이 마련된 뒤에야 그림 그리는 일이 가능한 것이다. "회사후소繪事後素!"

화석이 된 그리움

月琴／기묵주을

「님에게 준 엽서」

予懷采摰^{여회미지}

내 그리움 더욱 깊고

戀與情交好^{연여정교호}

그리움과 정 어울려 좋네.

「벗」

月琴/김주을

잔 섬들 늘비해도
기댈 곳 없으매라.

달빛에 시름 달아
낚싯대 드리워도

선상의 별빛 입질은
기척 없이 멀고나.

2011년 12월 2일 자은섬에서

꼬리글

친구라는 이름은 많아도
정작 마음을 터놓을 벗이 없네.
달빛을 보고 마음 달래어도
바닷물에 말 한마디 던져 보아도
배 위의 별빛마저 대답이 없어 외롭네.

「귀한 마음」

月琴/김주을

사무친 가슴자락
절벽에 매어두고

청풍호 물길따라
심장을 떼어주니

세월에 저당 잡힌 몸
정박지도 없어라.

2011년 6월 5일 청풍명월

꼬
리
글

임을 그리는 애틋한 마음을
청풍호에 남기었네.
세월에 떠밀려 가는 인생
머물 곳은 정해져 있지 않네.

「팔월의 아침」

月琴/김주을

명자목 상투 위로
능소화 목 늘일 때

원추리 배꼽 속에
그리움 굴러드니

땅콩 잎 경사진 골에
숨어 우는 백구슬.

2011년 7월 24일 텃밭에서

꼬
리
글

명자꽃 머리 위로
능소화가 늘어져 피었네
원추리 꽃술 안에
그리움이 흐르고
땅콩 잎 줄기를 보고
그리워 눈물을 훔치네.

「병든 낙엽」

月琴/김주을

흥엽아 서럽거든
추풍에 노닐어라.

바스락 늙어지면
눈물도 마르리니

무릎에 새 살 돋으면
가녀린 손 펼치렴.

2012년 10월 11일 월음정에서

꼬
리
글

퇴색한 단풍잎은 외로이
가을바람에 쓸쓸히 흔들리고
세월이 흘러 퇴색하면
수분 없이 메말라 갈 터이니
새 봄이 찾아와 고목나무에 새순 돋으면
연둣빛 여린 잎으로 다시 태어나리.

「취중곡」

月琴/김주을

송로주 양푼 속에
노여움 빠뜨리고

자맥질 거친 숨결
걷지도 못했는데

북망산 구절초 길은
강 비늘에 누웠네.

2012년 11월 13일 괴로운 날에

꼬
리
술

솔잎으로 빚은 술 속에
모든 서운함 따라 잔을 채우고
되새김질 하는 괴로움이 깊을수록
화가 치밀어 오르네.
마음은 벌써 몇 번이고 죽어
내 영혼은 물살 위를 이리저리 떠돌았네.

「찬바람」

月琴/김주을

매듭 달 폭풍한설
가슴에 빗발치고

풍경은 자지러져
통곡을 일삼으니

다날 밤 지친 그리움
물레소리 잦구나.

2012년 12월 3일 병상 중

꼬리글

12월의 찬바람 가슴에 밀려들고
풍경소리 시끄럽게 바람에 우니
다가오는 밤 그리움을 잊으려
마음으로 일에 몰두하네.

「이유 없이 읊고 소리 내어 운다」

月琴/김주을

앵두 잎 달그림자
베게로 삼고 누워

설운 밤 별빛 품고
억장을 동여매니

눈꼬리 추녀 끝으로
새벽이슬 흐르네.

2013년 4월 16일 잠에서 깨어

꼬리글

쪽 난 창 달그림자 침소에 어리어
그 위에 머리 눕혀 잠을 청하네.
이유 없이 그립고 서러워 가슴을 울먹이다
새벽을 맞을 때까지 눈물을 흘렸네.

「꿈꾸던 날」

月琴/김주을

천상의 백설 여인
이승에 출가하니

용두의 팔작지붕
아얌을 쓰고 앉아

숫기와 추녀마루에
활옷 펼쳐 눕고나.

2013년 12월 24일

꼬리글

하늘에서 흰 눈이
이 땅 위에 쌓이네.
기와집 본채의 팔작지붕 위
용마루엔 눈이 쌓여 마치
각시가 족두리를 쓴 것 같고
숫기와 추녀마루 위엔
예복 갖춘 청결한 새 색시가
신랑을 기다리는 듯하구나.

「불신감^{不信感}」

月琴/김주을

흥채에 나를 비춰
심연의 자학하니

정수리 고산 지대
불화산 솟구치네.

차라리 용암의 넋이
나였으면 하느니.

꼬리글

내 눈동자에 나 자신을 비추니
비관에서 빠져 나올 수 없는
자신을 자학하였네.
스스로가 화가 치밀어
머리끝으로 뜨거운 열이 닳아 오르네.
차라리 뜨거운 용암에
내 육신을 녹여 화석으로 굳었으면……

「유월재회六月再會」

月琴/김주을

참새들 째재짹짹
보채지 아니해도

살 내음 벅차도록
애틋할 님이시여!

이제나 저제나 한들
어이 님을 잊으랴.

꼬리글

내게 그리운 사람이 있었다면
날 애타게 부르지 아니해도
난 그 그리움을 살증이 나도록
애틋하게 아꼈을 것이다
그리움이 내게 곧 다가 온다 해 놓고
차일피일 미뤄진다 하여도
난 알 수 없는 그 기다림이 흐뭇한 일과였네.

「우중독주雨中獨奏」

月琴/김주을

자목련 턱선 따라
빗방울 영글 적에

가부좌 틀고 앉아
명주사 가르려니

문풍지 후리던 바람
툇마루에 앉는다.

꼬리글

자목련 잎사귀에
물방울이 송송이 맺힐 때
좌상하고 해금 연주를 하는 중
문풍지 스치는 바람은
갑자기 잠잠해진다.

「학수고대^{鶴首苦待}」

月琴/김주을

노송의 어깨 위로
봄바람 심난하고

댓잎은 볼 맞대고
스삭여 정겨운데

홍매화 오므린 입술
그 언제나 훔칠까.

꼬리글

나이가 들어가니
삶의 무게가 느껴져
마음이 봄바람처럼 심란하네.
세상 모든 사람들 어울려 즐거운데
움츠린 내 삶은 언제나 꽃 피울까.

「허심^{虛心}」

月琴/김주을

정수리 신경 끝에
백설이 주저앉고

열정은 심장에서
자잘히 분가하니

천지의 오만한 꿈만
청정 우주 오가네.

꼬리글

내 머리 위에 흰 눈이 내리네.
삶의 열정은 실망이 되어 천지에 흩어지고
희망도 그렇게 마음에서 멀어졌네.
이루지도 못 할 꿈만 1월에 한가득 가져 보았구나.

「인생^{人生}」

月琴/김주을

不復然離春 불부연이춘

다시는 오지 않을 것처럼 떠난 봄이

後冬前先花 후동전선화

겨울이 가기 전에 앞서 꽃 피네.

桑年生逆回 상년생역회

마흔여덟 삶 거꾸로 세상 돌아가니

雪山獨坐感 설산독좌감

눈 내린 산 홀로 앉아 생을 느껴보네.

꼬리글

한 번 살고 다시는 안 살 것처럼

하루하루를 마음만 앞세워 살아왔었네.

살아온 인생 다시 돌리고 싶어

뒷동산 겨울 풍경에 젖어 지난날을 되새겨보네.

「혹시^{或時}」

月琴/김주을

두견차 우려 놓고
찻잔에 눈을 심네.

설산의 노송 위엔
청설모 신접살이

오금을 휘도는 바람
귀를 쫑긋 세워요.

갑오년/해오름 달/아흐레/사시에 끼적임.

꼬리글

몇 해 전 손수 만들어 놓았던
진달래꽃 차를 우려 놓고 찻잔을 들여다 보았네.
눈 쌓인 산 해묵은 소나무 위엔
청설모 한 쌍이 손을 비비고 사이좋게 노닐었네.
치마 폭 스쳐 지나는 바람 소리에
혹시 그리웠던 소식이라도 전해올까?
가만히 귀 기울여 보았네.

「봄맞이」

月琴/김주을

호암지 갈대숲에
짝지은 원앙들아

창포 잎 쪼았다고
자만을 거두어라

이 몸도 물오르면
화관 쓸 날 오리니.

꼬리글

호숫가 갈대숲에
원앙 한 쌍이 사랑을 속삭였네.
그들은 서로가 창포 잎을 사이좋게 쪼며
사랑을 나누는데
옆에 맴돌던 짝 없는 원앙 한 마리는
창포 잎을 쪼지도 못하고
그들에게 떠밀리듯 뒤돌아 갔네.

「설산독무상와雪山獨無想臥」

(설산에 홀로 생각 없이 누웠네)

月琴/김주을

한역漢譯 不二堂 강상규

獨鳥兮汝結巢雪山之端독조혜여결소설산지단

설산의 막바지에 좌상 틀고 앉은 새야

蔽悲哀而寄跡肌骨于巖폐비애이기적기골우암

설움 덮고 암벽 위에 멍든 삭신 뉘였더냐

疊山兮恨於寂懷仍涕泣첩산혜한어적회잉체읍

고적함이 서먹하여 울먹대는 첩첩산중

以予戮懷采摯斫吾足上이여규회미지작오족상

그리운 삼지창이 내 발등을 찍는구나.

憂多困於紅塵重劇寒山우다곤어홍진중극한산

세속에 지친 시름 겹겹이 굴어 맹산 이루니

林泉之友漫然而伏負地임천지우만연이복부지

산천 벗도 부질없어 땅을 품고 엎드렸네.

계사년/내 뉘요 달/열이레/유시에 끄적이다.

240 | 장독 뚜껑 덮는 소리

세파에 지쳐 설운 상처를 굳게 견디는 여인이 있었네.

눈 쌓인 산 끝에 한 여인이 앉아 명상을 하네.

꼬리글

산 넘어 산인 인생과 낯선 세상살이에

스스로의 삶을 내려놓으려 하네.

그런 찰나에도 그리움은 쌓여 차가운 산에 쌓여가고

그런 그리움을 더 이상 갖지 않으려 세상을 등지고 싶어 했네.

「열녀烈女」

月琴/김주을

능소화 여린 손에
이슬이 영근 아침

스란에 주워 담는
여인의 지저귐이

청죽의 이마를 치며
눈물 한 줌 뿌려요.

꼬리글

가냘픈 여인이 맞이하는 아침에
여린 마음으로 눈물이 송알송알 맺히네.

고운 가슴으로 인내하는
여인의 외침이 사람들에게
감동의 눈물을 흘리게 하네.

「요연^{窈緣}」

月琴/김주을

백사의 스란 옆단
여미어 주름 잡고

대국화 늘인 길섶
수족선 고운 자태

배랫 속 감춰진 사랑
치마폭에 맺은 연.

꼬리글

깨끗하고 넓은 마음을
스스로 다지고 다스리며
고고한 가슴으로 고운 심성을 지니어
스치는 움직임에도 고이 간직할 수 있는
사랑의 인연을 맺어 가네.

「애정유심^{愛靜流心}」

月琴/김주을

화선지 묵죽화에
만정이 머물던 밤

촛불을 밝히우고
명치 끝 뜯노라니

갓 벗고 옷고름 풀던
풋사랑이 그립네.

꼬리
글

화선지에 떨구는 묵향처럼
오만 정은 그 향에 취하고
마음의 불을 켜고 가슴으로 믿어주니
감춤 없이 모두 풀어 놓던 꿈속에 임을 그리네.

「고독야우음 孤獨夜愚吟」

(외로운 밤 홀로 어리석게 읊다)

月琴/김주을

窓邊白雪松睡寤 창변백설송수오

창가에 흰 눈 내리니 소나무 잠을 깨고

夜深外觀疊雪爾 야심외관첩설이

깊은 밤 밖을 보니 쌓인 눈은 그대 같네.

꼬리글

방에 불을 밝히지 않아도
흰 눈이 내려 창밖을 밝혀주고
잠에서 깨어 쪽 창 열고 밖을 보니
그님의 마음처럼 쌓인 눈이 아름답네.

「호엽琥葉」

藝松/김주을

호박잎 서너 장에
녹 날개 여며두고

더덕살 몇 점 올려
강된장 찍고 보니

입속을 들기도 전에
마른 목을 뒤튼다.

꼬
리
글

호박잎 몇 장 손 위에 걸어 올려
더덕무침과 강된장을 올렸네.
한 쌈을 입에 넣으려는 순간
그리움에 목이 메여 차마 입에 넣지 못하였네.

「백마과극白馬過隙」

月琴/김주을

한역漢譯 不二堂 강상규

月光幽深似蛋石懷余君월광유심사단석회여군

달의 눈빛은 그윽하여 내 님을 품은 단백석 같고

櫟之咳若士足音出入扉역지해약사족음출입비

상수리 헛기침은 사립문을 들고 나는 선비의 기척 같구나.

悲裸木兮夜來哀怨哭恫비나목혜야래애원곡통

나목이 설워 애절히 곡하는 밤

如老松之邪幅白雪分飛여노송지사폭백설분비

노송의 마룻폭엔 백설 비늘 부서져 일고

婦轉繰車之同正領之間부전소거지동정령지간

물레 감는 여인의 동정 깃 사이로는

凍梨息而幾何旣開居諸동리식이기하기개거저

검버섯이 숨죽이며 세월로 피고 있네.

* 족음^{足音} : 아무 것도 없는 골짜기에 울리는 사람의 발자국 소리라는 뜻으로, 쓸쓸
할 때 손님이나 기쁜 소식이 온다는 말. 『장자』 「서무귀^{徐無鬼}」편에서 공
곡족음^{空谷足音}이라고 하였다.

* 동리^{凍梨} : 본래 노인의 얼굴을 일컫는다. 『의례^{儀禮}』 「사관례^{士冠禮}」에 황구무강^{黃耉}
^{无疆}이라 하였다. 한나라 때 정현^{鄭玄}이 주를 달기를 황^黃은 '누런 머리
털'이며 구^耉는 동리^{凍梨}이며 '서리를 맞아 언 배'를 말하며 모두 나이를
나타내는 것이라 하였다. 얼굴이 서리를 맞아 언 배와 같이 얼굴이나 등
에 난 검버섯을 말한다.

* 거저^{居諸} : 『시경』의 「백주^{柏舟}」라는 시에 보인다. '쉬지 않고 흘러가는 세월'이라는
뜻. 일거월저^{日居月諸}를 줄여 거저^{居諸}라고 함.

꼬리
글

내 님의 그윽한 눈빛은

천상 자리를 차고 앉은 덕망 높은

귀한 보석과도 같았네.

바람에 스치는 굴밤나무 사그락 거리는 소리는

대문을 스쳐가는 임의 소식이 아닐까 하였네.

마른 나무 고사하듯 흐르는 세월 서러워 우는 밤.

삶의 옆길에는 나도 어느 새 늙어 하얀 비늘 생기고.

다소곳한 절색 미인의 모습도 세월에는 장사 없네.

「오행성五行星」

月琴/김주을

그믐 달 스친 바람
사철을 들고 나도

바스락 임의 기척
오행성 꿈이려니

은하수 굽은 허리에
그리움을 실어요.

꼬리글

세상 사람들의 바람을 밟고
스치고 또 오고 감에도 기다림을 품었네.
바람에 바스락거림이 설마 임의 소식은 아닐 테지…….
굽이치는 은하수 위에 임 만나는 상상을 실어 보네.

「배신^{背信}」

月琴/김주을

꽃무리 나풀나풀
어울려 정겨운데

그 잎새 무리인 양
몽중을 노닐더니

홍빛의 억장 과녁에
독화살이 꽂혀요.

꼬리글

이런 성격 저런 성격
모두 모인 가족들이 즐겁네.
너도 내 가족과 같다는 말을 들었네.
그 말을 믿은 나는 가족인 양 행복했네.
하지만 이용당한 것을 뒤 늦게 알았네.
무너지는 배신감에 가슴엔 피가 맺혔네.

「오침午寢」

月琴/김주을

재강을 몇 술 뜨니
달큰한 취기 돌고

몽중의 달콤한 정
팔기도 어설픈데

훈풍은 목울대 울려
취락펴락 노니네.

2013년 6월12일 월금정 낮잠에서 깨어.

꼬리글

마을 할머니께서 주신
술지게미를 수저로 몇 술 먹고 취하여
정자 위에서 낮잠이 들었네.
달콤한 꿈을 꾸었지만
꿈자리가 심란히 바뀌어
누구에게 자랑도 못하였네.
자다 깨어 허전한 마음에 목이 뻐근하네.
한여름 더운 바람은 나를 울렸다 웃겼다 하였네.

「초평저수지^{草坪貯水池}」

月琴/김주올

한반도 허리춤에
초평지 여유롭고

서낭당 고갯마루
돌탑에 손 곧출 때

수초섬 지내 다리엔
여울소리 슳고나.

꼬리글

지도 모양을 한 초평 저수지는
평화롭기 그지없고
농다리에서 저수지로 넘어가는 고개에
자리한 서낭당에 두 손 모아 소원 빌어보네.
얕게 흐르는 물살은 농다리를 훑고 가니
그 소리마저 서글프게 들리네.

「고심^{苦心}」

月琴/김주을

달빛이 사색하며
자정을 들고나도

스치는 밤바람은
시선을 외면하니

숨죽인 버들 선비가
사춘기를 맞는 밤.

2014.04.07 봄바람 부는 밤.

꼬리글

한 여인이 삶의 고민을 하며
답답함에 밖을 들락날락 거려도
아무도 푸념을 들어주는 이 없는 밤.
바람도 정지하여 조용한 시간
그 시간 어느 곳에 그리운 사람도
성숙해지는 고민을 하고 있으려나.

「마음의 소리」

月琴/김주을

내님의 종소리는
속 비워 맑게 울고

내 가슴 종소리는
애틋해 섧게 우니

초라히 외치다 지친
밤 부엉이 사랑아.

2010년 8월 5일 그리움 짙은 밤에.

꼬리글

속이 가득 찬 종소리는 탁하나
속을 비운 종소리는 맑네.
마음으로 울리는 감동의 소리 애틋하고
임 부르듯 울리는 소리는
밤에 우는 새처럼 애틋하게 울리네.

「잠들지 못하던 날」

月琴/김주을

뒤척임 잦은 바람
연잎이 떨어지니

기다림 애절하여
물살도 곡 하는 밤

뉘라서 개구리 우는
애절함을 알리오.

2010년 6월 7일 임자 없는 그리움.

꼬
리
글

바람이 수시로 불어대니
그리움도 연잎처럼 목이 꺾이네.
애틋한 기다림으로 마음을 위로하는 밤
가슴으로 우는 이유를 그 누가 알까.

「언약言約」

月琴/김주을

먹구름 세수하면
그리움 지우려나.

저 별빛 잠이 들면
님 모습 잊혀 질까.

담호에 언약 여미던
그 눈빛이 슬어라.

2013년 8월 22일 번지 없는 그리움.

꼬
리
글

저 구름이 걷히면
내 마음도 밝아지려나.
새벽 별 제 집 찾아가면
그리움이 사라지려나.
관복 입은 나으리의
안타까운 눈빛을 그리네.

「모녀^{母女}」

月琴/김주을

짚더미 아늑한 곳
어머니 무릎 베게

복사꽃 산 날망에
북데기 깔고 누워

분홍빛 얼굴 물었던
그 해 봄이 고왔네.

2009년 4월 3일 추억을 그리며.

꼬리글

지푸라기 더미에 몸을 누이고
양지 바른 곳에 어머니 무릎을 베고 누웠네.
긴 머리 쓰다듬어 주시면 스르르 잠이 들었고
애기 같은 얼굴 묻고 봄을 맞았던 그 시절이 그립네.

「어머니의 사랑」

藝松/김주을

문풍지 팔랑대며
찬바람 스밀 적에

부엌문 여는 소리
자정을 넘겼는데

장작 불 지펴 넣고는
해소기침 하시네.

꼬리
글

바람이 세차게 불어대는 겨울 밤
한 밤에 불씨가 꺼져 자식들이 추울까
꺼진 불 살려 놓고 연기 속에 기침을 하시네.

「아버지의 사랑」

藝松/김주을

사랑방 입김 서려
콧등이 시려올 때

아랫목 나를 뉘어
등줄기 데우시니

잠깨고 차마 눈 못떠
목을대만 늘렸소.

꼬리
글

외풍이 있어 방이 추운 겨울에
콧등이 시리고 하얀 입김이 서렸네.
윗목에 잠든 나를 안아다 아랫목에 뉘어 주실 때
안아다 눕히는 걸 알면서도
마음이 아파 눈을 뜨지 못하고
목에 힘을 주며 눈물을 참았었네.

「초침秒針」

月琴/김주을

박절한 초침들이
청매화 수염 털고

백목련 남루했던
저고리 탈의하니

울적한 한숨 소리에
자결하는 꽃녀야.

꼬리글

인정 없이 세월을 떠미는 시곗바늘은

계절을 갈아타는 꽃들을 아프게 떨어뜨리고

백목련 퇴색하여 너저분히 땅에 누우니

가는 세월 거부 못해 스스로 흩날리며 떨어지는 꽃잎.

「인생낙화 ^{人生落花}」

月琴/김주을

梅葉樣雪落^{매엽양설락}

매화 나뭇잎 눈처럼 휘날리더니

春然旣夏來^{춘연기하래}

봄인 듯하며 이미 여름 왔네.

人生如春夢^{인생여춘몽}

인생 또한 봄꿈과도 같아서

明陽雲裏蓋^{명양운리개}

밝던 햇살도 구름 속에 덮이네.

꼬리글

세월은 꽃잎이 우수수 지듯
계절을 잊듯이 빨리 지나고
인생도 잠깐이니 오늘 젊음도
빠른 시간 곧 늙어가네.

「억군^{憶君}」
그대를 그리며

─ 임의 생일에 부쳐^{부빙지수신(附聘之壽辰)} ─

戀情交鑽中^{연정교찬중}
그리운 정 가슴 속 후벼 파고

靡有不君憶^{미유불군억}
그대를 그리는 정 멈추지 않네.

如煎如熬^{여전여오}
바싹바싹 타는 마음

拗懷不息^{요회불식}
그리움 억제하려 해도 누그러트리지 못하네.

如心苦憶以篤朕鑠君胸^{여심고억이언뇌삭군흉}
못내 그리는 마음 흐물흐물 그대 가슴에 녹아 들 듯

疑是顚踣君中^{의시전북군중}
그대 가슴에 엎디어 쓰러지는 듯하네.

충주에서
不二堂이 부치다.

亢情共璨爛
魔鬼而不更恍
惚若無其物似
而見似無心苦

恍如夢聯綿
其狗轡吳然
諸天下

甲午年
三月廿日

맺는 말

마뜩잖은 글을 썼다. 나의 겸손이라기보다는 오만에 가까운 낭설을 늘어놓은 듯하다. 이 누리의 모든 이들이 다 각기 다른 생활방식과 생활철학을 지니고 있다. 이 누리의 사람들은 거의 모두가 사회의 언저리에 사는 사람들이다. 필자 또한 목대를 틀어쥔 사람들과는 달리 동뜨게^{보통과 다르거나 별나다} 살지 않는 소시민적인 삶을 살고 있다. 우리 주위의 삶의 풍경은 서로 별다르지 않은 게 사실이다.

『장자』의「산목^{山木}」편에 "속세에 살면 속세를 따르라" 는 대목이 있다. "입기속 종기속^{入其俗 從其俗}" 이라는 대목이다. 한데 어울려 잘 살라는 말이다. 너무 다른 사람들과 동뜬 삶을 살지 말라는 일침^{一鍼}이다. 세상사 어디 그런가! 많이 지니면 지닌 대로 많이 알면 아는 대로 남을 누르려는 속성을 지닌 게 인간의 일반적인 생각이다. 물론 그렇지 않은 사람들도 있다.

동양학을 읽다 보면 인간의 심성^{心性}을 바로잡는 대목이 문학, 역사, 철학 전반에 걸쳐 기술되고 나열되어 있다. 본성을 바루려는 선철先哲들의 고뇌에 찬 사색과 사유思惟의 편린片鱗들이 가멸차넉넉하고 풍족하다도록 넘치고 있다. 동양학을 통해 본 이 누리의 섭리攝理를 어찌 필자가 가늠할 수 있겠는가! 다만 필자는 「모듬살이 풍경」에서 선철들의 사유방식에 따라 이 누리를 가늠할 수 있는 잣대로 재어본 것뿐이다. 선철들의 사유방식이 이 누리에 얼마나 먹혀들까, 하는 의문을 지닌 채 필자는 칼럼을 집필하였다. 선철들의 고뇌에 찬 사유와 사색에 관해서는 필자의 미진한 도서를 읽는 독자 여러분께서 이를 곱씹어 삭이는 반추反芻의 몫이다.

「화석이 된 그리움」의 장에 36수의 시조를 주신 월금月琴 김주을 님께 깊이 고마움을 드린다. 가슴 한가운데에 이미 화석처럼 박제되고 켜켜이 쌓인 임의 목마른 그리움에 울컥 목이 메인다. 언뜻 그대 눈물을 훔쳐다 내 창문가에 걸어 놓고 싶다. 서늘한 가슴에 화톳불 피우는 마음이어라.

폐기 처분되어야 할 조각난 영혼의 비늘이 까만 바다를 유영한다. 까만 바다를 벗기면 또 한 겹의 검푸른 자락이 드러난다. 이기심을 감싼 껍데기와 자존심의 씨알이 심알마음에 붙박여 있다. 누가 껍데기는 가라고 했는가?

초침이 죽으면 시침은 널브러진다. 탁상시계 기준으로 2.5mm의 보폭이 내 삶의 공간이었다. 의식의 껍질이 엷어지고 있었다. 몽롱한 무의식의 상태였다.

「무의식의 껍질」

무의식 속의
의식의 빛깔.
무의식의 껍질에
허물어지네.

본연의 빛깔에.
허섭스레기 같은 무의식의 껍질.

빛깔의 때는 너무 바랬네.
그 젊음을 모조리 저당 잡힌 채.

껍질이 우수수!
해사한 빛깔을 그리네.

이 글을 향불을 사르는 마음으로 저 누리에 계신 아버님께
올려 드린다. 아울러 불효자식이 어머님께도 드린다.

2014년 4월 25일
충주에서
不二堂 쓰다.

장독 뚜껑 덮는 소리
―부부(覆瓿)―

초판 1쇄 발행일 2014년 07월 15일

지은이 강상규 · 김주을
펴낸이 박영희
편집 배정옥 · 유태선
디자인 김미령 · 박희경
인쇄 · 제본 태광인쇄
펴낸곳 도서출판 어문학사
　　　　서울특별시 도봉구 쌍문동 523-21 나너울 카운티 1층
　　　　대표전화: 02-998-0094 / 편집부1: 02-998-2267, 편집부2: 02-998-2269
　　　　홈페이지: www.amhbook.com
　　　　트위터: @with_amhbook
　　　　블로그: 네이버 http://blog.naver.com/amhbook
　　　　　　　다음 http://blog.daum.net/amhbook
　　　　e-mail: am@amhbook.com
　　　　등록: 2004년 4월 6일 제7-276호
ISBN 978-89-6184-341-6 03810
정가 12,000원

이 도서의 국립중앙도서관 출판시도서목록(CIP)은 e-CIP홈페이지(http://www.nl.go.kr/ecip)와
국가자료공동목록시스템(http://www.nl.go.kr/kolisnet)에서 이용하실 수 있습니다.
(CIP제어번호: CIP2014018694)